U0033127

曾有那麼一天，我在人生的街角轉個彎
於是就和噗噗醬相遇了……

2004年10月17日
上帝輕敲著門扉
祂說：想給我一個驚喜
於是我看見了小生命的跳動
一隻讓生活充滿幸福的灰色迷你兔
我小心翼翼地將牠捧在手心
上帝問我：妳準備把這個禮物放在那裡？
我指著左邊胸口說：就讓牠一直珍藏在這裡好了
就這樣……在註定的緣份裡
開始上演著屬於我們的故事
而現在
真心的邀請您入座當我們的佳賓
用另一個角度去解讀一個人和兔子間的感情
我們不奢求滿堂的喝采與掌聲
只希望這一刻
您的心跳能與我們的故事產生共鳴

小猴 VS 噗噗醬 到此一遊

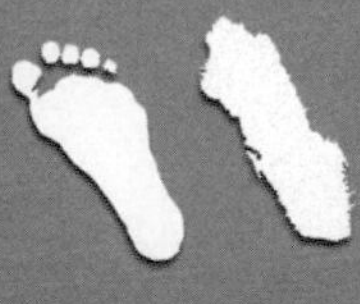

目錄

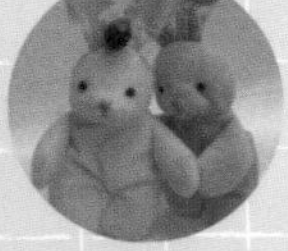

噗噗醬愛過節

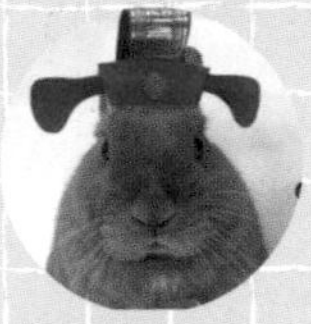

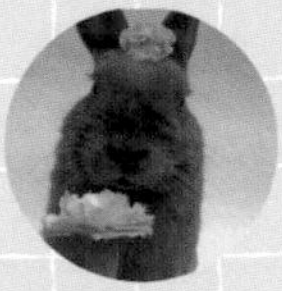

噗噗醬愛過節

噗噗醬的日常生活

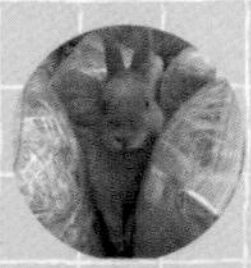
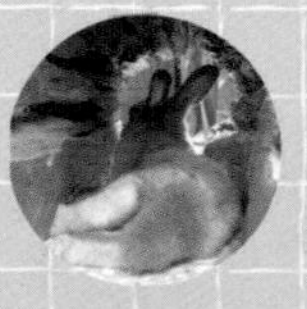

噗噗醬下田去

噗老師上課囉

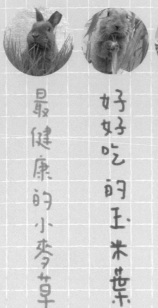

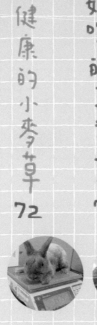

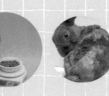

噗噗醬與朋友們

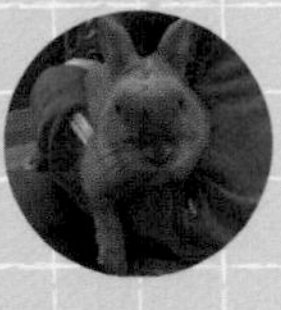

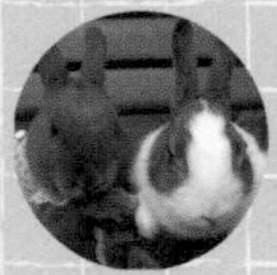

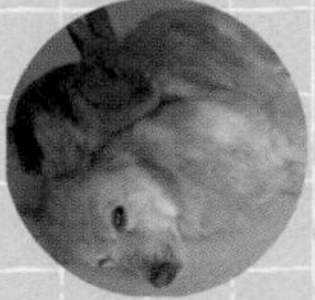

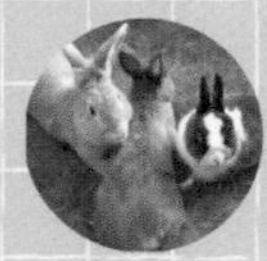

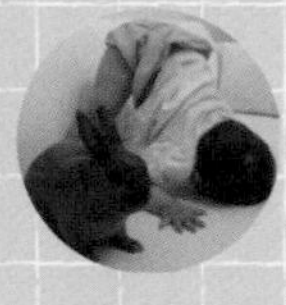

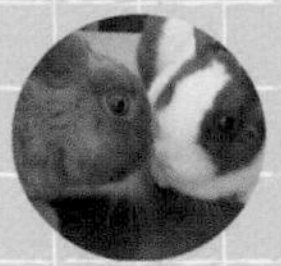

花絮

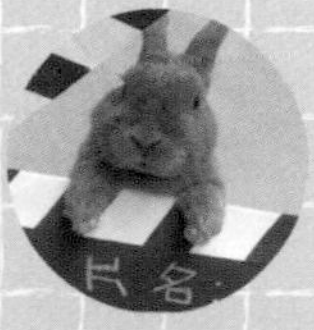

噗噗醬做公益

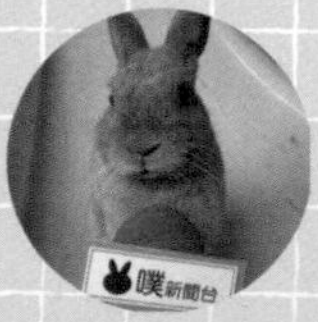

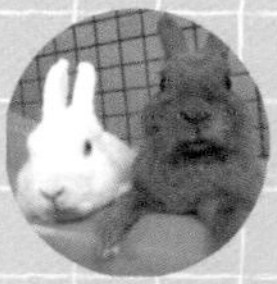

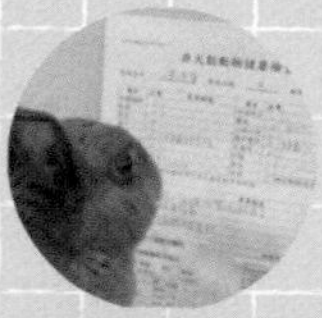

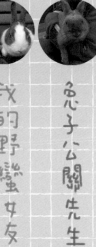

小猴的心內話

每當別人說：「噗噗醬好乖好可愛喔！我好想養一隻兔子。」時我總會有些擔心，因為噗噗醬的乖巧讓人產生了很多幻想，但並非每隻兔子都能這麼乖。當然我沒有資格阻止別人養兔，只能希望他考慮清楚，若他的兔子調皮搗蛋時，他會覺得夢想幻滅嗎？他會願意照顧牠一輩子嗎？

兔子跟人一樣都有自己的個性，有的乖又溫馴、有的壞又咬人、會和同伴打架、噴尿、隨地大小便、亂咬家具電線或書本，換毛期時兔毛滿天飛，讓人過敏直打噴嚏，比較體弱多病的兔子還會常跑醫院。倘若這些事您都能接受，我想您才能考慮養兔子。

養兔子是件要用一輩子學習的事

照顧兔子不是簡單的事，當您帶牠回家，那將會是您人生中的考驗，因為您不知道牠將會出什麼題目來考驗您的耐心與愛心。通過測試的人，會擁有幸福的生活，因為他學會瞭解對方、學會容忍，也學會如何包容與原諒對方。至於考試不及格的飼主會氣憤地將考卷丟棄，然後兔子也就被趕出家門，變成流浪兔而自生自滅。養兔子是一輩子的責任，先三思而後行吧！請抱持著一輩子不離不棄的心態，不要因為一時衝動就養兔子。

別看噗噗醬各方面都很乖巧，但是牠滿嘴都是毛病，要剪牙、很挑嘴、食量小又不喝水，常常因為食慾不振或腸胃問題去看醫生。在一次尿液檢驗中，發現不喝水的嚴重性，從此我便展開人兔大戰，每天定時定量用針筒強餵噗噗醬喝水。往後這將是我每天的工作與考驗，但我一定會盡量拿到滿分。

在養兔子前一定要做的功課

很多人以為兔子只吃紅蘿蔔、不能喝水、全是紅眼睛或白毛。我記得長輩們也是這樣教我，甚至連一般的年輕人也是只給飼料或青菜，夜市的賣兔商人也是這樣教我，直到我在書本與網路上找到養兔知識後，才破除這些錯誤觀念。

養兔人不多，相對地飼養兔子的知識與醫療也會跟著匱乏，在台灣能為兔子看病的醫生不多，更沒有全天候的急診，如果半夜發生問題就只能聽天由命了。因為沒有市場需求，所以沒有足夠的專業兔醫生；但是一旦養兔的人多了，棄兔風潮也會跟隨而來，這真的是兩難的問題，因為兔醫生和養兔族群多寡之間的關係實在是太密切了。

雖然近來養兔子的飼主人數有增多的趨勢，兔子用品也有更多的選擇，許多動物醫院也增設了兔子門診。但可悲的是，現在竟連路邊都能撿到流浪兔。我無法控制棄養兔子的人的行為與心智，而只能一再一再地宣導，期盼養兔或任何同伴動物的飼主都能有責任感，不要丟棄牠們造成社會負擔。

所以在養兔子前請仔細考慮：時間、空間、精神、金錢、過敏體質、家人或屋主同意與否等問題。倘若可以的話，請您以認養代替購買，讓無家可歸的流浪兔們可以有一個幸福溫暖的家。

若您真的有心養兔，請在具備足夠養兔知識後，再帶兔子回家吧！或許當您瞭解養兔子會有很多麻煩事時，就會打消念頭。有很多人知道自己沒能力飼養兔子，所以就上網看兔子部落格滿足自己的憧憬，這未嘗也不是件好事。喜歡不一定要擁有；一旦擁有，就要用盡一生疼愛牠。

和噗噗醬一起歡渡節日

我們合拍的第一組節日照片，是在噗噗醬一歲生日時，接著過聖誕節、新年，我開始奢望著想要拍一系列的節慶照片。最困難的地方莫過於適合的道具，找不到就得自己動手做，因為此書的頁數限制，好多篇文章只能捨棄。

很多人覺得兔子應該自然就好不用特地打扮，我也認為自然就是美，只是我也會貪心地想看看，打扮特別的噗噗醬會是什麼模樣呀！噗噗醬也只在冬天出門和拍照時才穿衣服，每年夏天為了避暑，我還會把牠的毛剪短，讓牠開心地放鬆躺著，即使大家都笑牠很像癩痢兔，我還是覺得牠很可愛，畢竟那也是牠另一種特殊的模樣。

不同個性的差異

每隻兔子的個性有著天壤之別，牠們喜歡和不喜歡的事情也都不同。有些喜歡出門玩、有些出門就緊張發抖、表現異常，有些不排斥穿衣服、有些穿了衣服就像發了狂，有的看到相機就逃跑或亂動、有的則會乖乖不動讓你拍照，有些兔子膽小怕貓狗，有些卻兇悍無比在家稱老大，老是欺負一同生活的貓狗。所以，千萬別看人家的兔子做什麼，就希望自己的兔子也能那樣做。

用相機記錄生活

噗噗醬是我養的第一隻兔子，從一個月大開始拍照到現在已經三年，我們是相輔相成的關係，是親人、是朋友、亦是愛人。三年裡噗噗醬教了我很多事，也啟發了我許多靈感，真的不要以為都是人類在教育這些同伴動物，事實上我們從動物身上學到的事，都是人類無法教我們的。

我不是專業的攝影師，只是想拍下寵物們的身影，或許噗噗醬算是兔子界的異類吧！牠是一隻配合度極高的寶貝，天生就適合在鏡頭下展現牠自己的魅力。雖然牠的智商不及貓狗，但每次牠拍照的表現總是令人非常感動，讓我不由得被牠催眠了，深深相信著我與牠的搭配真是天生的一對，我們真的是為了對方而出生在這個世界。

在計畫出書時，原本想買單眼數位來攝影，希望好相機能拍出好照片，但是由於之前拍攝的文章數量已經超過預定頁數；況且這台傻瓜數位才是陪伴噗噗醬三年的幕後大功臣，於是我決定這本書仍是將以窮酸傻瓜數位的面貌呈現。當然傻瓜數位比不上單眼數位的專業，缺乏了大光圈效果，在拍照上總是造成困難，所以我以後仍然會想要擁有一台單眼數位相機，和噗噗醬一起快樂地繼續拍下去。

感謝

我想我最大的恩人是老天爺，因為是祂安排了我與噗噗醬的相遇；而我最大的敵人也是祂，因為有天祂將會殘酷地讓我們分離。

我不知道未來的路還有多長，但我只想要在有限的生命裡把握這一切，感謝晨星出版社、陳社長與編輯的賞識；也感謝我的母親、家人、兔友和朋友的支持。也感謝我家的小菜園，若不是這些蔬菜的努力，編輯也不會讓我們藉由這本書，留下永生難忘的回憶。對我而言，噗噗醬是隻很特別的兔子，牠努力讓我記得牠一輩子，噗噗醬謝謝你為我做的一切，更謝謝你為我生命中帶來最幸福感動的一段時光。

來自上帝的限時專送

據說，小猴只用一台窮酸傻瓜數位相機就捕捉了這麼多可愛的畫面，而且還加上令人會心一笑的旁白，造就了這本可愛的小書——這需要多大的耐心（去等待好畫面）、愛心（看到噗噗醬把水呸出來時不能動怒）以及時間的累積？（我懷疑那是台智慧型傻瓜相機，遇到噗噗醬的門牙威脅，功能自動提升十倍！）

將這本小書從頭翻到尾，細細看著那熟悉的小身影，在小猴的巧思以及精準的鏡頭捕捉下，拼出一隻受盡疼愛的幸福兔子。從小兔兔到小惡魔，從菜園到公園，從過生日到過新年，再到養兔方知父母恩的母親節與父親節……這些相片背後，其實只是一個很單純的願望：想看到噗噗醬一年又一年健康快樂地活下去。

每一個生命都是上帝寄給我們的限時專送，背著上帝以愛蓋上的郵戳，一個接著一個出現在我們面前，教會我們許多從前不懂的事情，包括純粹的心靈感動及依依不捨的分別。你準備好了嗎？

——《橘子養兔子》作者　橘子

看部落客怎麼說

若說到兔子界的麻豆兒，當然非噗噗醬莫屬！噗噗醬是隻在鏡頭前會定格的兔兔，在小猴的精心打扮下，噗噗醬可是擁有百變的面貌，不論是變身成努力賺錢的上班族或聚會裡的紅牌兔，噗噗醬都是最稱職的實力派演員呢！

當我第一次看到噗噗醬的部落格時，真是開心的不得了呢！因為噗噗醬真是太可愛啦！尤其是他戴著光環及背著翅膀的天真模樣，讓人想不記住他也很難囉！就像小猴說的，噗噗醬是她的天使，替她的生活增添更多的光采！而小猴與噗噗醬的互動，及對噗噗醬的用心，也讓我們深受感動哦！看著噗噗醬的生活點滴與百變造型已經成為草莓跟三兄弟的樂趣啦！

如果你還不認識造型百變的噗噗醬，如果你還不了解兔子，或是想要更認識兔子的生活，那你一定要看看這本書，噗噗醬不只是可愛而已，還有更多的面貌等著你來發掘呢！千萬不能錯過哦！

——無敵兔生活全記錄

我第一次看到噗噗醬的反應是：不是花生醬、果醬，而是噗噗醬！我這個香港兔媽不熟悉台灣文化，卻仍看得津津有味。從噗噗醬的造型，以至對話旁白，看得出小猴妹花很多心思，分享噗噗醬眼中的世界，讓我深切感受到歡樂、關懷、愛心與以兔為重。

小猴妹說噗噗醬是搞笑兔子，但我覺得他是冷臉笑匠，尤其喜愛他提起雙手抹臉，加上兩片紅臉頰，真的極度惹人憐愛，很難猜想這是一位小男孩，一個要穿裙子，打扮得粉嫩的小朋友！

看噗噗醬網誌，像探老朋友，總想知道她們在做甚麼？遇上甚麼人？睡得好嗎？飲食是否如常？看著看著就自然地連繫起自己，像是噗噗醬只一公斤多，啊！不得了，仔妹幾乎是兩倍。

許多人都想著將人兔生活點滴結集成書，但卻需要強大的堅持和動力才能實踐。今次小猴和噗噗醬排除萬難，既為噗噗醬留下紀念，更為眾兔友添歡添樂，怎叫人不全力支持？希望大家在看噗噗醬扮鬼扮馬之餘，亦能感受當中濃濃愛意，並從多角度了解兔子特性，多加愛惜。兔子的確是我們很好的伴侶，有兔的日子實在太好。

——仔妹食玩拉訓．仔妹媽與仔妹

噗噗醬是隻超有個性的兔兔，雖然像隻大老鼠，但出門時都會帶著寶貝王座，實在是可愛到忍不住多瞧牠幾眼呢！

——野蠻王菲我寶貝．王菲爸

自從認識了搞笑可愛的噗噗醬，每天都會「噗」的會心一笑唷！大家一起來認識噗噗醬吧！灰兔寶寶萬歲！

——You Two (兔) Are My LOVE...~☆羞羞麻

我很難找到比噗噗醬更稱職的兔麻豆兒了！沒有看到可愛的噗噗醬麻豆兒或專業的噗老師，我怎麼受得了呀！

——mo茶mi的生活．艾蜜雪

遇見噗噗醬的幸福、甜蜜滋味，讓你瞭解兔兔是家人，不是寵物唷！

——我們很幸福-唷將．唷將香香

噗噗醬就是醬可愛！總讓人笑得東倒西歪，表情最多，最搞笑的兔子，就是噗噗醬！

——眠兔和小天的網誌．眠兔

可愛的噗噗醬，用最天真、純淨的幸福，為心中增添豐富的光彩……

——Bibo的窩．Bibo

噗噗醬和小猴的生活，不只是有趣、可愛，更是充滿了愛！喜歡小動物的你，千萬不可錯過噗噗醬！

——親親小兔囡抖秀．囡抖伉儷的監護人

誰說兔子只會吃紅蘿蔔、又不會搞笑，看了噗噗醬之後保證會顛覆你的想法唷！風靡兔子界的超級偶像，會讓你笑哈哈，趕快來看噗噗醬吧！

——瑪吉兔生活點滴．莉卡

一段兔與人的幽默，一本愛兔人的驕傲！

——HappyZookeeper．海豹

噗噗醬不止是穿著華麗服裝登場，也以噗老師身份宣導正確養兔觀念，以避免產生減少棄兔，也幫流浪兔找溫暖的新家，可說是兔大使！

——小惡魔啤酒的天下．小皮和西瓜熊

媒體推薦

★自由時報
★聯合報
★爽報
合力推薦

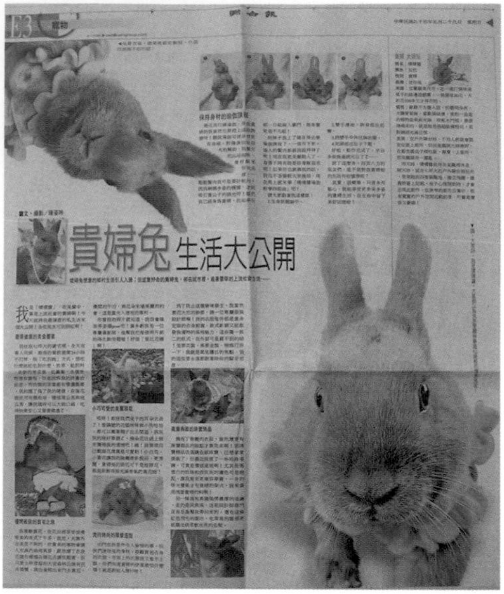

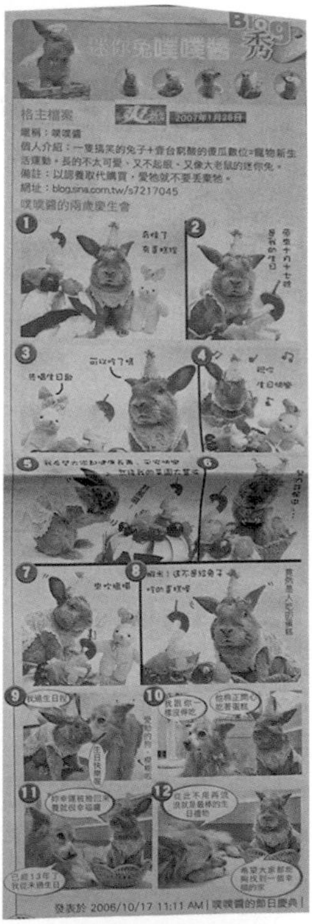

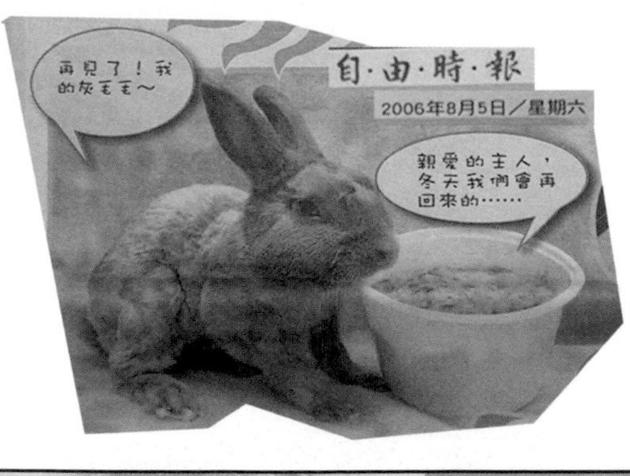

噗噗醬愛過節

過新年發大財

在這個充滿著喜氣的農曆新年裡，噗噗醬卯足全力，用真誠的心來祝福各位叔叔姨姨們，新年行大運，萬事皆如意。

新年快樂
恭喜發財
福

我帶著福氣小紅包
跟叔叔姨姨們拜年
福

祝福大家
心想事成
福

嘻！叔叔姨姨們
紅包快拿來呀！

春
大吉大利
升官發財

好運旺旺來
福氣不間斷

財神爺來報到
祝您財源滾滾來
春
恭賀新禧

幸福的母親節

全天下的媽咪們您辛苦了，噗噗醬祝福所有的寵物媽咪母親節快樂，也期盼所有的寵物，都能找到一個永遠愛牠們的母親。

我真的好想要
有個媽咪疼我
嗯！
偷偷告訴你
我根本不知道
我的親生媽咪是誰
喔！
親生媽咪
妳快出來
你不用找了
找不到的啦！
親生媽咪
妳到底在哪裡啊！
嗚..我媽咪
她不要我了

你說的是真的嗎？
其實啊！疼愛我們的飼主就是我們的再生父母親呀！
嗯
你說的真是沒錯
寵物媽咪們用心照顧我們的生活為我們把屎把尿
寵物媽咪們真的好辛苦喔！

我想要跟媽咪說聲謝謝
這朵花你快點拿去送給媽咪
嗚：太棒了
我終於有媽咪了
媽咪我愛妳我會很努力當個乖小孩
懇請所有的媽咪不要再拋棄我們別讓我們再次成為沒有母親的孤兒
噗噗醬將這朵花
獻給全天下的寵物媽咪
祝妳們母親節快樂

端午節一定要立蛋

為了紀念戰國時代愛國詩人屈原，所以農曆5月5日是端午節和詩人節，噗噗醬也要過節，吃牧草粽、立蛋、戴香包，都要試看看。

我要把粽子
放進蒸籠蒸熟
等一下
就可以吃囉！
好棒喔！
蒸好了
打開蓋子
看起來
真美味
哇！
好好吃喔！
這麼多個
要吃哪個呀！
我全部
都想吃
嗯！
好香喔！

啊!人類的食物
兔子不能吃啦!
兔子不能
吃肉粽
沒關係
我來想辦法
使用材料:
兔食用牧草
飼料.磨牙點心
兔子專用
健康牧草粽
美味上桌
快吃
哇!
你做的牧草粽
好好吃喔!
你多吃一點

在家門口
掛艾草、菖蒲
用來驅邪
真有意思
牧草太美味了
我們準備材料
來做香包
大人喝雄黃酒
小孩佩帶香包
可以用來避邪
白兔香包做好了
哇！真棒
蛋立起來了
端午節太好玩了
端午立蛋
好運就來
那我們
快來立蛋

爸爸萬歲

八月八日是父親節，噗噗醬雖然還沒當過爸爸，不過他也想體會一下當父親的感覺，原來當爸爸是如此的偉大與辛苦呀！

Photo Album
MY NOTE
辦公桌上
滿滿的文件
都處理不完

辛苦的老爸
現在要去上班了

唉！
把拔我們
要繳學費
老公啊
薪水哩

為了這個家
老爸要努力賺錢
沉重的公事包
壓的喘不過氣
噗業務
客戶找你
什麼?
貨送錯了
你這個笨蛋
小事都辦不好
真是氣死我了
老闆對不起
我會負責的
趁老闆不在
上網放鬆一下
Photo Album
MY NOTE
唉!我真倒楣
被老闆罵的真慘
上班好辛苦喔!

唉！經濟不景氣
錢真難賺呀！
啊！蝦米呀！
股市又下跌了
嚇
驚
啊！慘了
被老闆發現了
又要挨罵啦！
你在做什麼
又給我偷懶
你整天除了吃
還會做什麼
你再這樣
就回家吃自己
嗚…老闆
我會改進啦！
哼！真氣人
我竟然花錢
請你這種笨蛋
老闆對不起

我要下班了
剛剛好不容易
保住了飯碗
請再給我一次機會
你……你……你……
下次給我小心點
我回來了
把拔
您辛苦了
我來幫忙
提公事包
先擦乾眼淚
不要把情緒帶回家
給辛苦的把拔
一個愛的鼓勵
有一個幸福的家庭
一切辛苦都值得了
把拔
我們愛您
把拔也愛你們

中秋柚子節

農曆八月十五日是中秋節，玉兔下凡了，開心到地球遊玩，牠品嚐到柚子這種人間美味，決定將好吃的柚子帶回月亮上去。

柚子皮安全帽
呵呵呵！你假裝自己是一顆柚子
你來數數看這邊有幾顆柚子
讓我來吃吃看
唉呦喂呀！你幹嘛吃我啦
我們現在來吃柚子
好啊！
這才是柚子肉啦甜美多汁又美味
真好吃
難怪沒味道
我不是柚子肉啦！
救人喔

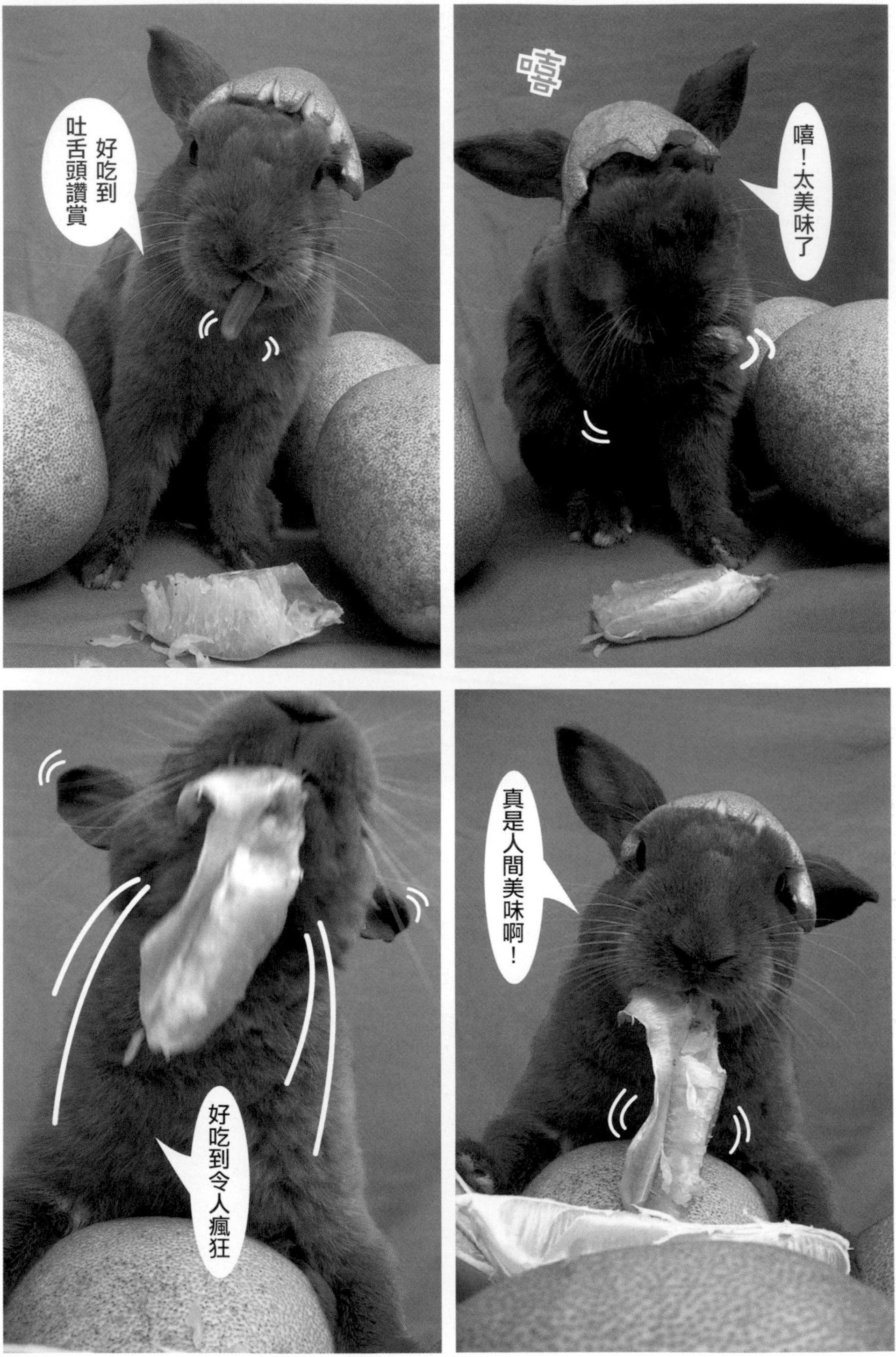
好吃到
吐舌頭讚賞
嘻
嘻！太美味了
好吃到令人瘋狂
真是人間美味啊！

嗯！我要帶柚子回月亮去
非常謝謝你請我吃柚子
別客氣
換上柚子翅膀
玉兔要奔月
回月亮上去囉！
地球好棒呀！
真是感謝月神
讓我下凡間

噗噗醬過生日

十月十七號是噗噗醬與小猴姐相遇的日子，牠不喜歡吃兔子食用蛋糕，就用人吃的蛋糕來應景，兔子可是不能吃人吃的蛋糕喔！

原來十月十七號
是我的生日呀！
怎麼有蛋糕呀！
今天是你生日
嗚..嗚..
真是太感動啦！
我健康活到兩歲了
嗚
我幫你慶生
嗚

可以吃了嗎？
先唱生日歌
祝你生日快樂
先來許願
我希望健康長壽
小菜園能大豐收
吹蠟燭
呼…
蝦米呀！
竟然是人吃的蛋糕
我不能吃啦！

惡鬼亂竄的萬聖節

10月31日是萬聖節，噗噗醬和黃小兔打扮後到處嚇人，要大人給牠們糖果，但這只是好玩而已，因為兔子是不能吃糖果的喔！

窸窣
窸窣
窸窣
咦！奇怪了
噗噗醬跑哪去啦！

今天是萬聖節
我們去討糖果
請叔叔姨姨們吃
你等我一下

轟
轟
哈哈哈！
你從南瓜裡
蹦出來了
轟！碰！
我是南瓜太郎

你快點準備要出發了
我馬上來
打起精神往前衝吧！
衝啊！
我來準備南瓜提袋裝糖果
你看這個袋子
哇！真棒
希望能拿到很多糖
出發囉！
快給糖
不給糖就搗蛋喔！

吼！討厭
大人真小氣
只有三顆喔！
好少喔！
給你糖
呼！累死了
我那麼辛苦努力
糖果卻拿好少喔！
打扮凶狠一點
大人就會怕了
我們換個造型
我一定要
再接再厲
加油

邪惡巫師雙人組
粉墨新登場
呵呵呵！
所有的糖果
都給我拿出來
快給糖
全部都拿去
我們這樣夠兇狠了吧！
嚇死他們
兔子不能
吃糖喔！
嘻！這些糖果請叔叔姨姨們吃
好多糖喔！這招真管用

冬至就要吃湯圓

冬至到了，噗噗醬為各位叔叔姨姨們，準備了這碗甜蜜又暖呼呼的湯圓，希望在冷冷冬天裡能將這份心意，甜在嘴裡暖在心裡。

先把手手洗乾淨
再用雙手把湯圓
搓揉成一顆顆圓形
真好玩
呵！
你們兩個
做的很好喔！
我們學會囉！
湯圓搓好了
我拿去煮熟
煮好囉！
熱騰騰
的湯圓

哇！你看看
一整碗全部都是
紅色的湯圓哩！
好喜氣的感覺
好美喔！

看起來好棒
哇！

嘻！嘻！
叔叔姨姨們
一定會很開心
叔叔姨姨
會開心的

我跟你們說喔！
這碗湯圓是請大家吃的
兔子不能吃湯圓喔！
我們知道啦！
兔子絕對不能夠
吃人類吃的食物

叔叔姨姨們快來吃喔！
來吃喔！

這碗湯圓一定很美味

排排坐，手放好我們乖乖坐在這裡等著叔叔姨姨們一起來吃湯圓喔！
等你們喔！
希望大家會喜歡

厚厚厚！聖誕快樂

在溫馨歡樂的12月，噗噗醬打扮成聖誕老人，辛苦的到處送禮物，牠同時也準備了一份超級賀禮，要送給各位叔叔姨姨們喔！

喂喂喂！
你快來幫忙啦！

哎呦喂呀！
好重推不動

我準備了一份
超級大禮喔！

你真是的
太偷懶了啦！
我來了

呵呵呵！
我要把自己
打包成禮物
好好笑喔！
你躲進盒子裡
變成禮物了

嘿咻！
我爬進來
Merry Christmas

衷心希望
叔叔姨姨們
喜歡這個禮物喔！
聖誕節快樂

噗噗醬的日常生活

剪牙真可怕

兔子的牙齒會不停生長，噗噗醬因為門齒咬合不正，一到兩個星期就要定期剪門齒一次，一般咬合正常的兔子則不需剪門齒。

噗噗醬
我帶你去玩
好棒喔！
我要去玩

在家裡好無聊
只能看電視

動物醫院
噗！奈安捏
大事不妙了
不是要去玩嗎？
怎麼會來這裡
哈哈哈！
被騙上勾了

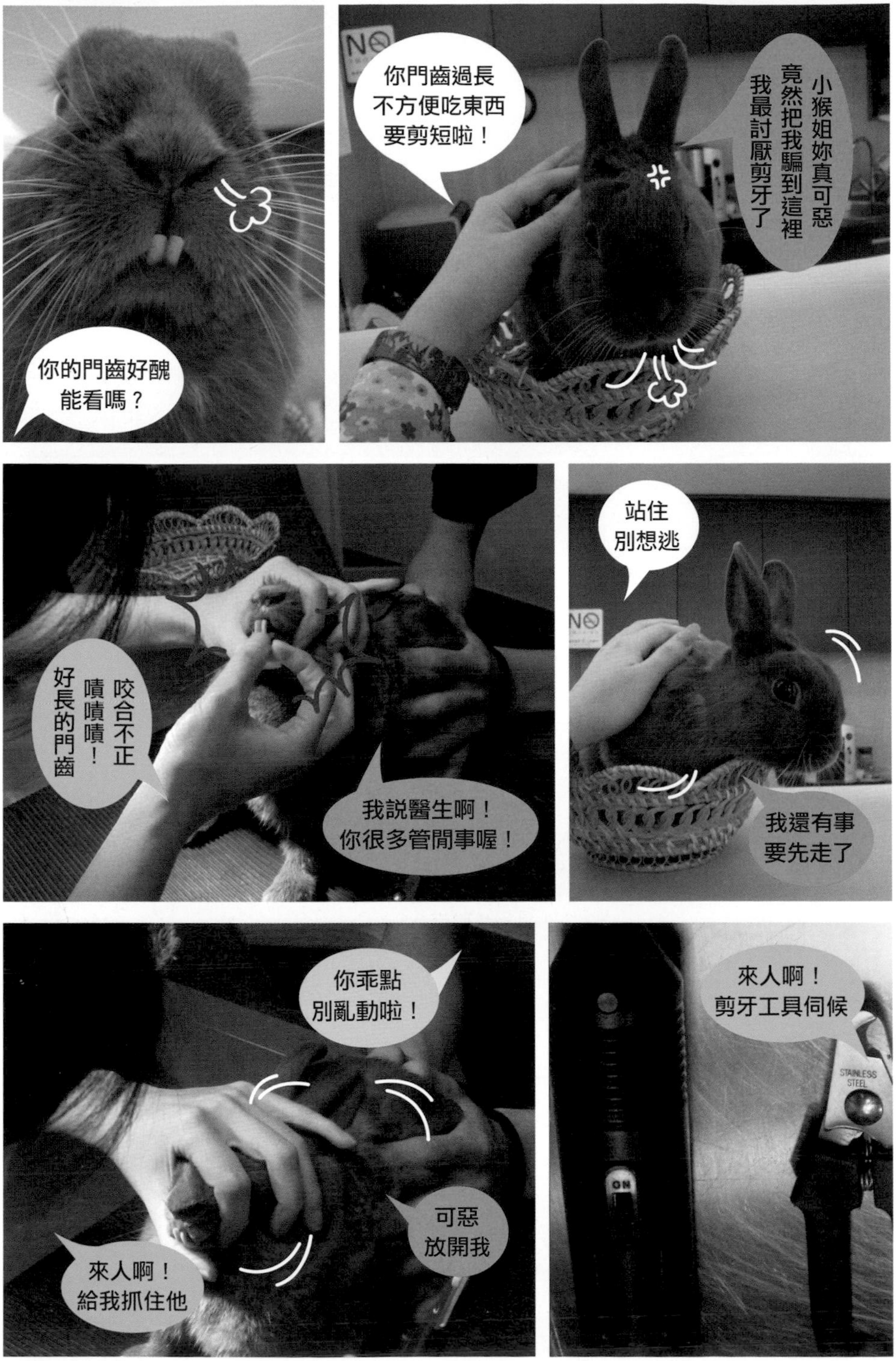
你的門齒好醜
能看嗎？
你門齒過長
不方便吃東西
要剪短啦！
小猴姐妳真可惡
竟然把我騙到這裡
我最討厭剪牙了
咬合不正
嘖嘖嘖！
好長的門齒
我說醫生啊！
你很多管閒事喔！
站住
別想逃
我還有事
要先走了
你乖點
別亂動啦！
可惡
放開我
來人啊！
給我抓住他
來人啊！
剪牙工具伺候
STAINLESS STEEL
ON

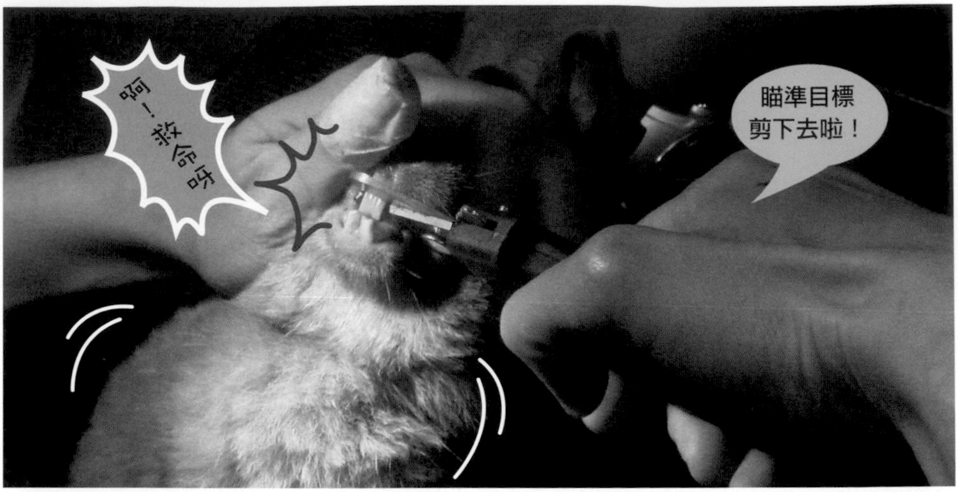
啊！救命呀
瞄準目標
剪下去啦！

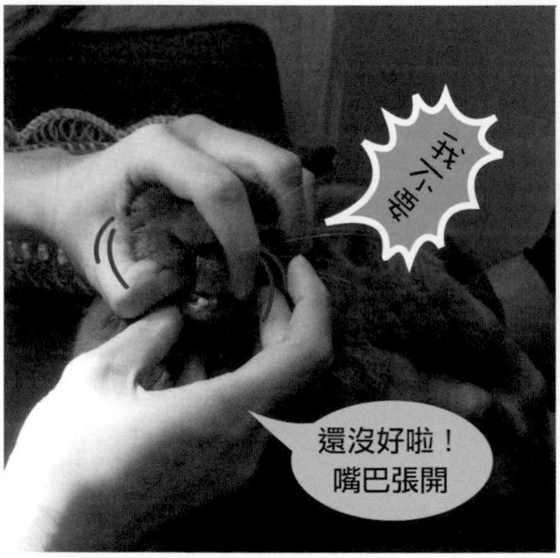
我不要！
還沒好啦！
嘴巴張開

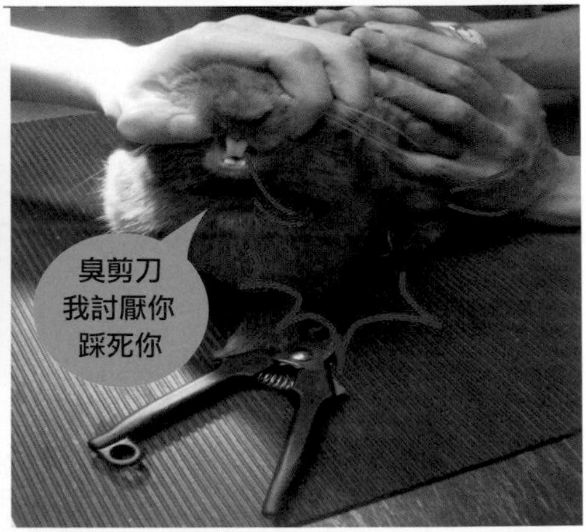
臭剪刀
我討厭你
踩死你

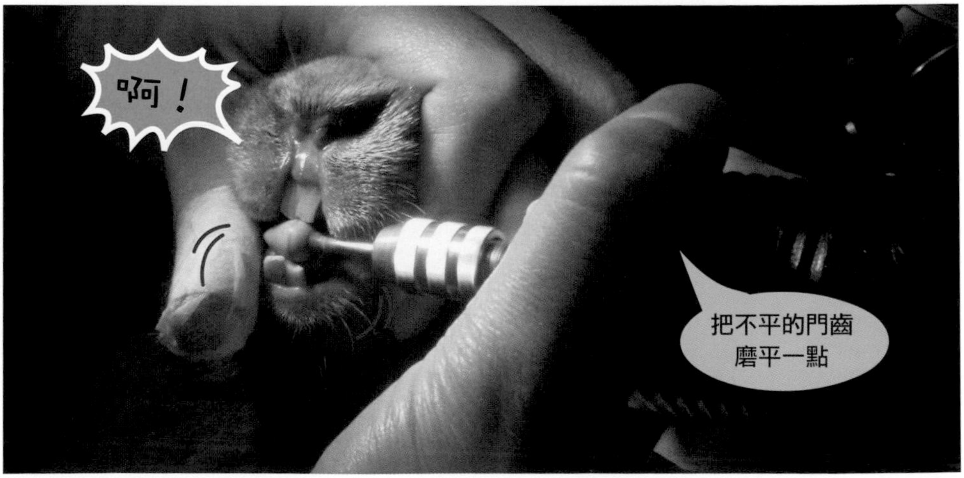
啊！
把不平的門齒
磨平一點

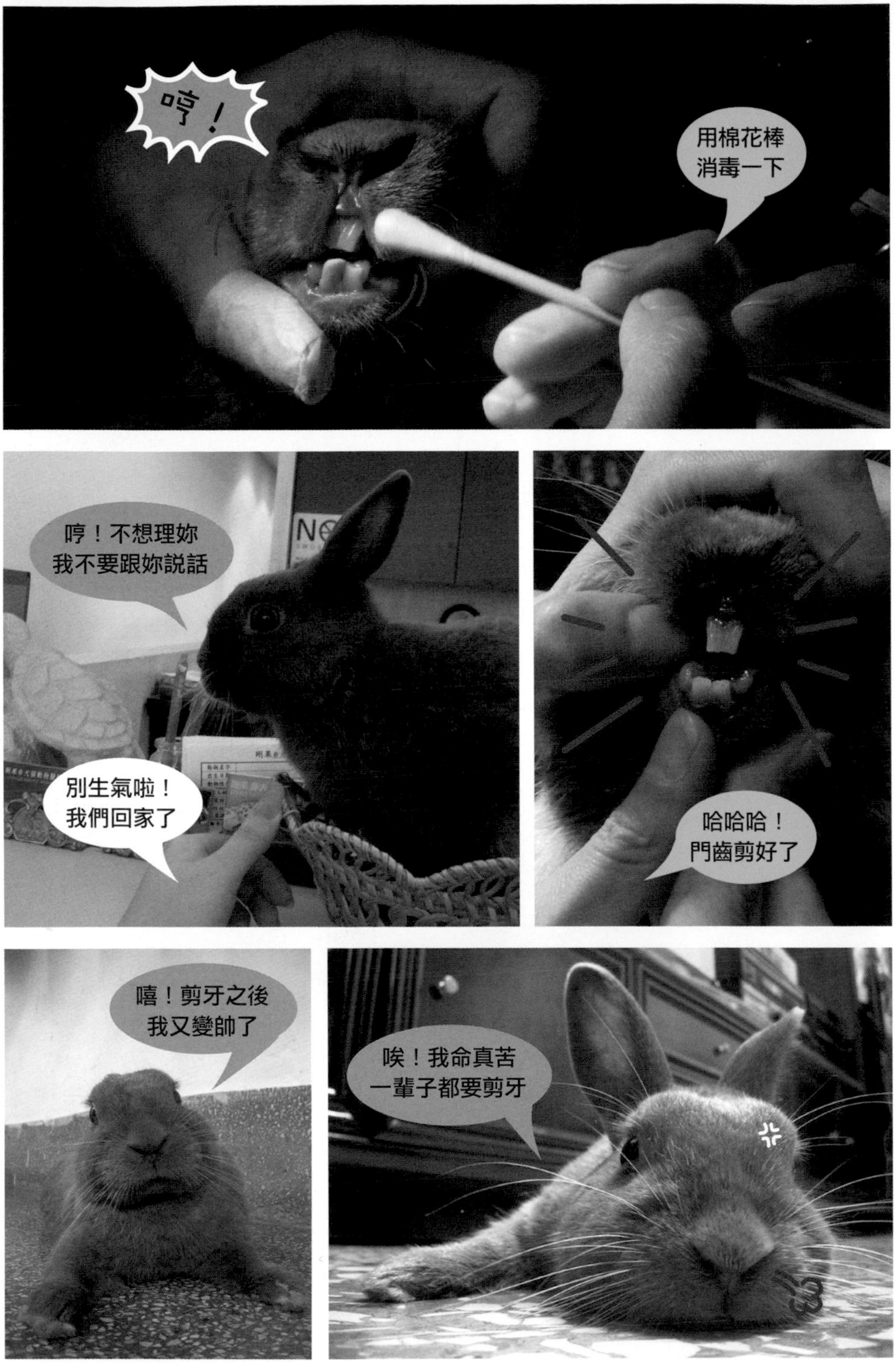
哼！
用棉花棒 消毒一下
哼！不想理妳 我不要跟妳說話
別生氣啦！ 我們回家了
哈哈哈！ 門齒剪好了
嘻！剪牙之後 我又變帥了
唉！我命真苦 一輩子都要剪牙

上廁所也要偷看

兔子也很聰明喔！會在固定的地方上廁所，可以幫牠們準備一個便盆，認真教導一下，牠們很快就學會使用便盆喔！

我把尿尿
上到便盆裡
再灑些便便
咚！
咚！
咚！

閒閒沒事
來上個廁所

為了佔地盤
在便盆外面
我也習慣灑些便便
但是我的尿尿
只會在便盆裡
圓圓的
兔子糞便
咚！
咚！

你們竟然
偷看我上廁所
哼！
用嘴巴
清理屁屁
嗚：我以後
要拿什麼臉見人呀！
嗚
嗚
嗚
可惡！真氣人
我被偷看了
便盆移位了
咬便盆洩恨
算了！算了！
原諒你們好了
誰叫我家廁所
沒有裝門
來吃吃牧草
消消氣好了

收到禮物真開心

未曾謀面的網友「兔姐兒」，突然從高雄寄了一大箱牧草送給噗噗醬，真讓人感動又驚訝呀！因為我們從沒收過這麼龐大的禮物。

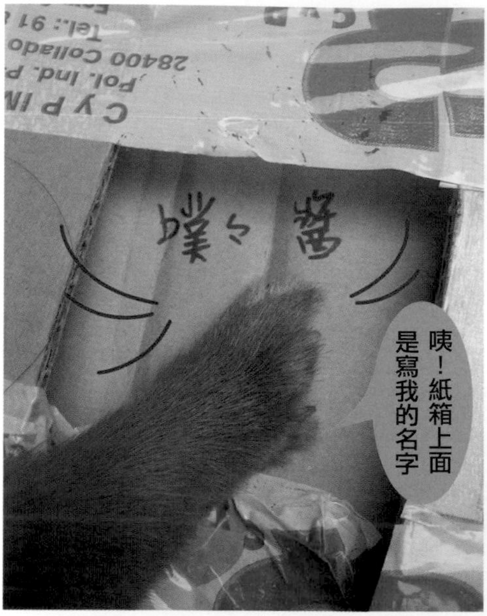
噗々醬
咦！紙箱上面是寫我的名字

好大箱的禮物是誰的呀！
ON-LINE UPS
Rack-Mount

提摩西草（梗葉一樣多）
哇哇哇！
我的老天爺呀！
好多的牧草
多到吃不完
提摩西草（葉多）
澳洲甜小麥草
盤固草

呵呵呵！
我在這裡啦！

噗噗醬
你在哪裡呀！
嘻嘻！
我躲在裡面
不要被發現

被牧草淹沒的感覺
真的是太棒了呀！

謝謝兔姐兒姨姨
送我牧草禮物

還是搬進倉庫
比較妥當啦！

我要躺在這邊
努力看管牧草
不能讓它被偷走
噗噗醬你這樣
哪裡都不能去喔！

火車過山洞

噗噗醬很喜歡躲在黑暗狹小的空間，躲很久都不出來，這是個木頭矮桌，牠常常像火車過山洞一樣，來回穿梭在這個桌子山洞。

小山洞
我是噗噗小火車
最喜歡過山洞

黑暗隱密空間
我最喜歡啦！

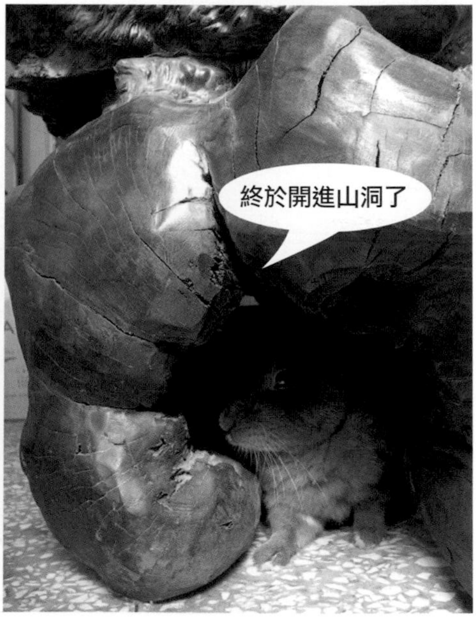
終於開進山洞了

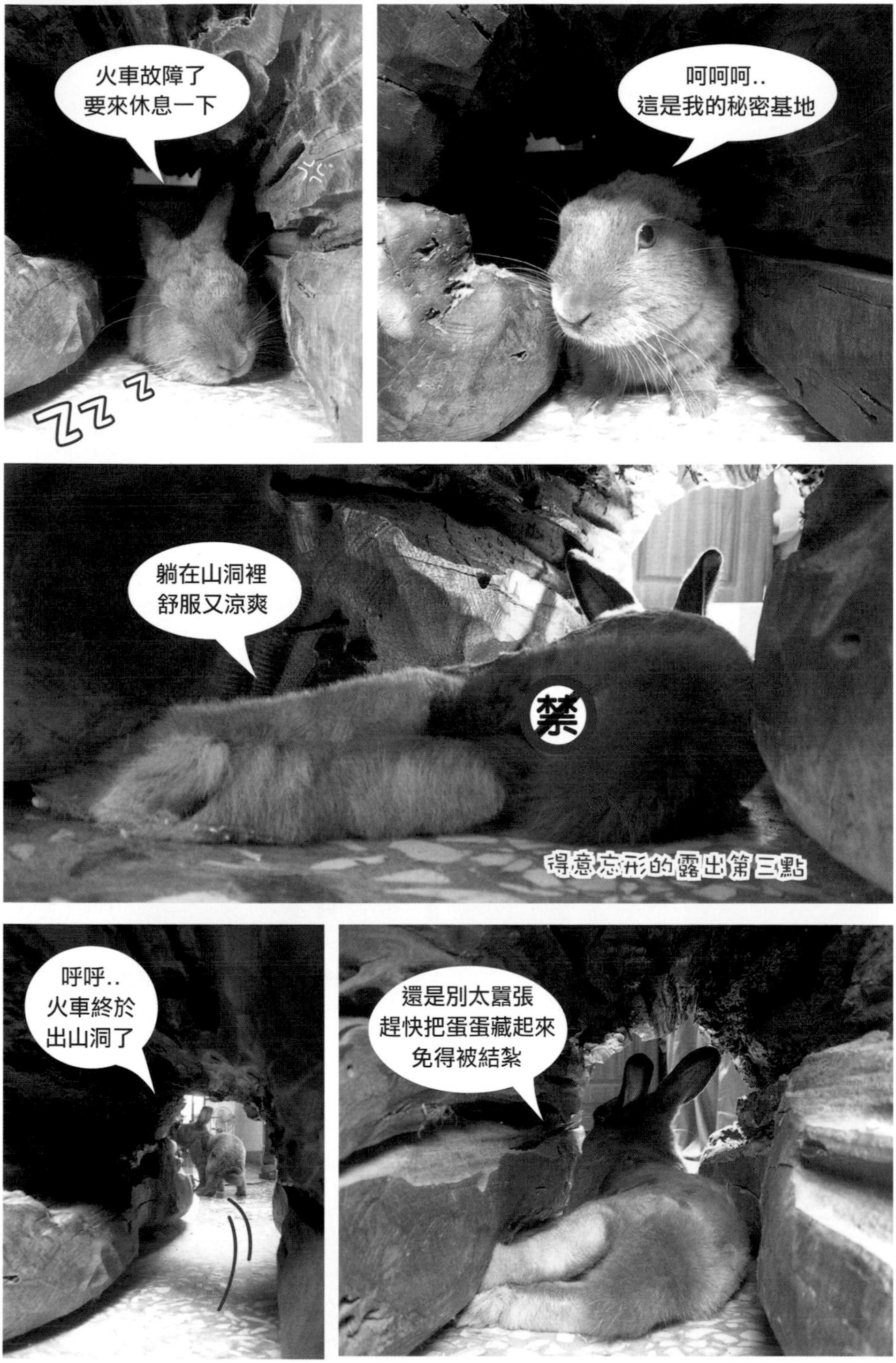
火車故障了
要來休息一下
ZZZ
呵呵呵..
這是我的秘密基地
躺在山洞裡
舒服又涼爽
禁
得意忘形的露出第三點
呼呼..
火車終於
出山洞了
還是別太囂張
趕快把蛋蛋藏起來
免得被結紮

兔子也要去拜拜

阿嬤和姨媽帶著噗噗醬到廟裡祈福，藉由宗教的慰藉，期盼噗噗醬在神明的庇佑下，能夠活的更健康、平安、快樂、長壽。

註：噗噗醬從小就習慣坐在籃子裡，並非每隻兔子都適合坐在籃子裡而不會往下跳。

姨媽妳看
是聖筊喔！

抽到第十三首
再擲筊問問
是不是這支籤

這是一支好籤
神明說我很健康
大龍峒
保安宮
保生大帝
靈籤
第十三首

希望是好籤
姨媽來拿籤詩

虔誠
神明，感恩啦！
一切就拜託您了
謝謝神明保佑喔！
真心祈求

再戴上平安符
那就更棒了

剪毛，是需要技術地

兔子需經常梳毛，春秋兩季會大換新毛，若舔下過多毛髮，容易產生毛球症，夏季可剃毛幫助散熱，也可預防毛球症的發生。

哼！
我不要剪
會變醜醜
你過來
剪毛毛
吼！吼！
你又一直偷舔毛
這樣會毛球症
很危險哩！
啊！吃毛
又被抓包了
你忍一下
就過去了啦！
小猴姐
我跪著求您了
請放過我吧！
嗚..
啪
啪
一定要剪
我是為你好
嗚..可是..
小猴姐妳去年
把我剪的好醜
嗚..
快
剪
別這樣，我保證
這次我會剪帥帥

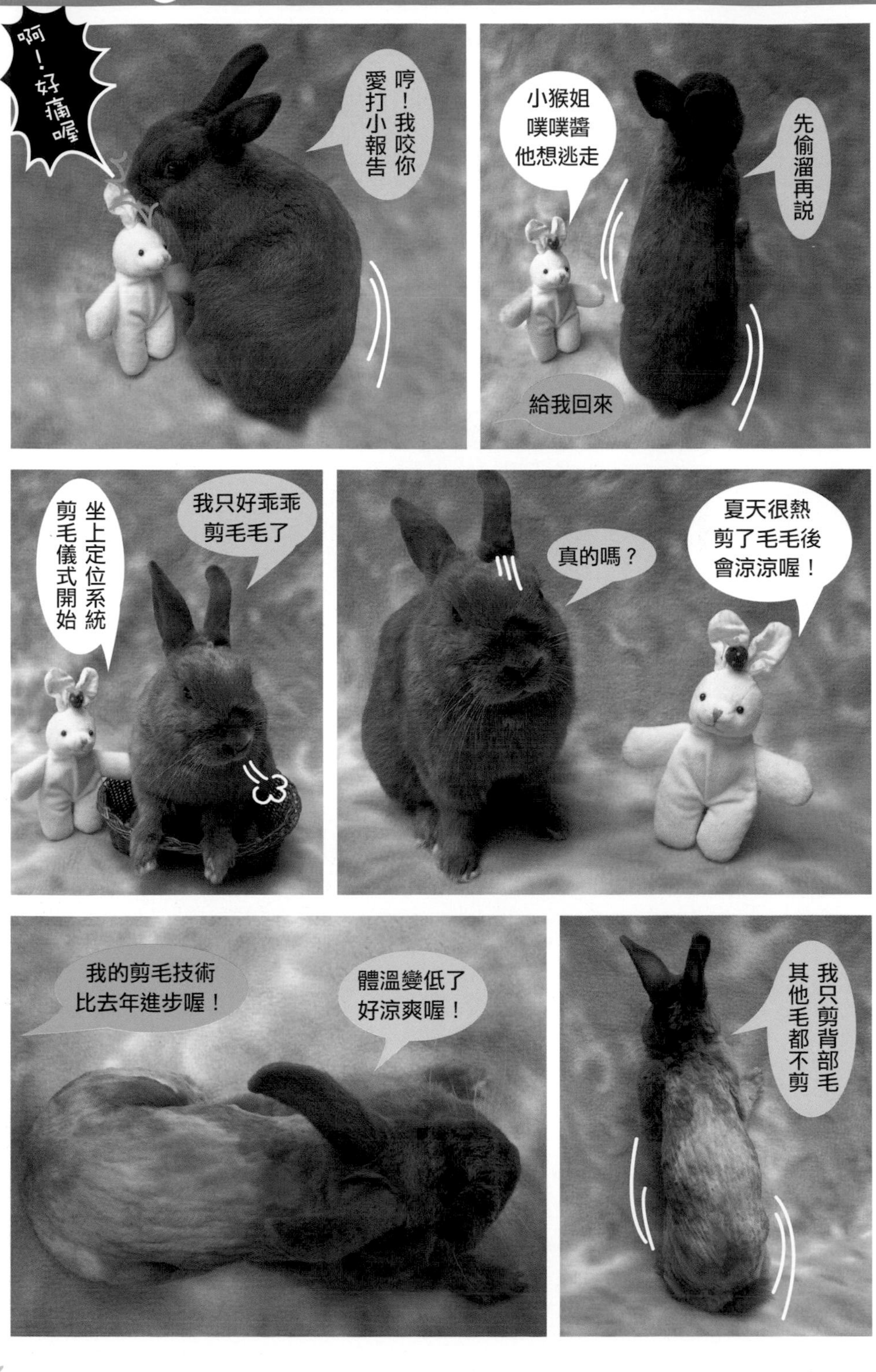
啊！好痛喔
哼！我咬你愛打小報告
小猴姐噗噗醬他想逃走
先偷溜再說
給我回來
坐上定位系統剪毛儀式開始
我只好乖乖剪毛毛了
真的嗎？
夏天很熱剪了毛毛後會涼涼喔！
我的剪毛技術比去年進步喔！
體溫變低了好涼爽喔！
我只剪背部毛其他毛都不剪

穿太少了 真是害羞
噗！你吐舌頭
故意裝性感喔！
哇！犧牲色相
背部全裸
好難為情喔！
可惡.揍扁你
都是你害我變醜
啊！救命呀
嗚…嗚…
我變醜醜了
哈哈哈！
你中計了
變成醜八怪
再見了
我的灰毛毛
親愛的主人
我們冬天之前
會再回來的
我剪了一整碗毛

噗噗醬下田去

種子發芽啦

噗噗醬有個專屬的陽台小菜園，用來種植各種有機蔬菜，辛苦播種的種子終於發芽了，讓身為園藝門外漢的我們興奮不已。

先來唱首歌
哄哄它們好了
嗚..
嗚..你們長大後
要好好孝敬我喔！
我們跟你非親非故
幹嘛要孝敬你
我來檢查看看
有沒有被蟲蟲偷吃
你那麼會吃
比蟲還可怕
囝阿囝囝睏
一眠大一吋
你唱歌真難聽
我們不想聽
YA..
上面蓋上網子
蟲蟲就不敢來偷吃了
使出絕招
佈下天羅地網
我們慘了啦！逃不掉了

巡邏我的小菜園

菜菜一直收成不好，所以噗噗醬這次要親自巡視小菜園，雖然菜成長的很緩慢，但噗噗醬卻很努力當個盡忠職守的快樂小園丁。

天啊！
那隻兔子又來了
菜菜們長大了
哈囉！
你們住在裡面
還習慣嗎？

太矮了看不到
搬張椅子來墊腳
嘿咻

你們乖乖喔！
在這裡等我一下
我馬上回來
不知道這隻兔子
又想做什麼？

哇！
你們真棒
變胖又變高了
好奇怪的兔子
幹嘛一直偷看我們

嘿咻
跳上來
看個清楚

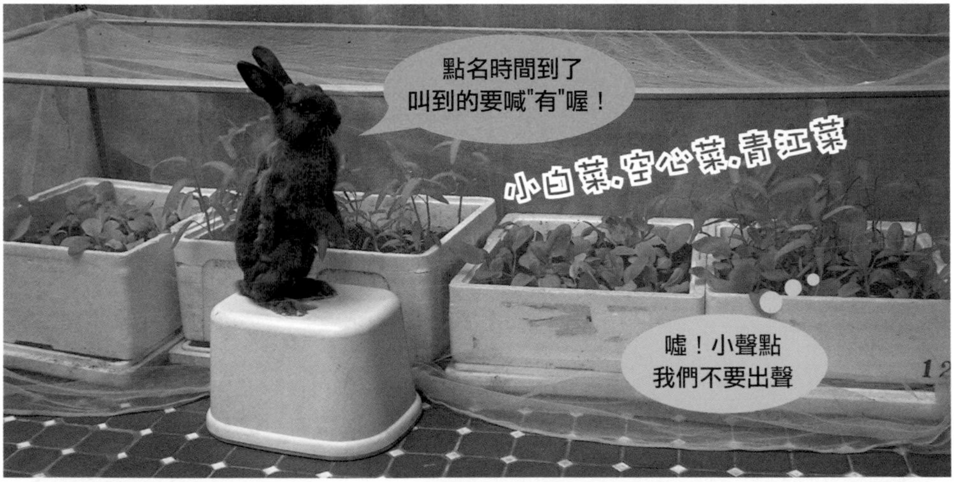
點名時間到了
叫到的要喊"有"喔！
小白菜.空心菜.青江菜
噓！小聲點
我們不要出聲

我把網子掀開
進去瞧瞧

咦！都不出聲
菜菜不會說話嗎？

哇哇哇！
上面這個網子真棒
都沒蟲蟲來偷吃
怎麼辦啦！
兔子跑進來了
我手摸得到的菜
全都是我的啦！
跳上菜園真好玩
他踩我們
好痛喔！
嗚嗚嗚..
想到要被吃掉
我們都快嚇死了
看到這些菜菜
口水快流出來啦！

好睏好想睡
眼睛都快瞇起來了
真希望
他快回家睡
快收成了
我要認真站崗
他怎麼還不走呀！
先趴著
休息一下
不行！
快打起精神
絕不能鬆懈
乾脆就在這兒睡好了
免的夜長夢多
慘了啦！
總有一天
他會吃掉我們

菜園收成真開心

經過漫長等待，小菜園終於收成，雖然我們技術不好，都是種出長不大的迷你菜，但噗噗醬還是滿心歡喜的品嚐自己的成果。

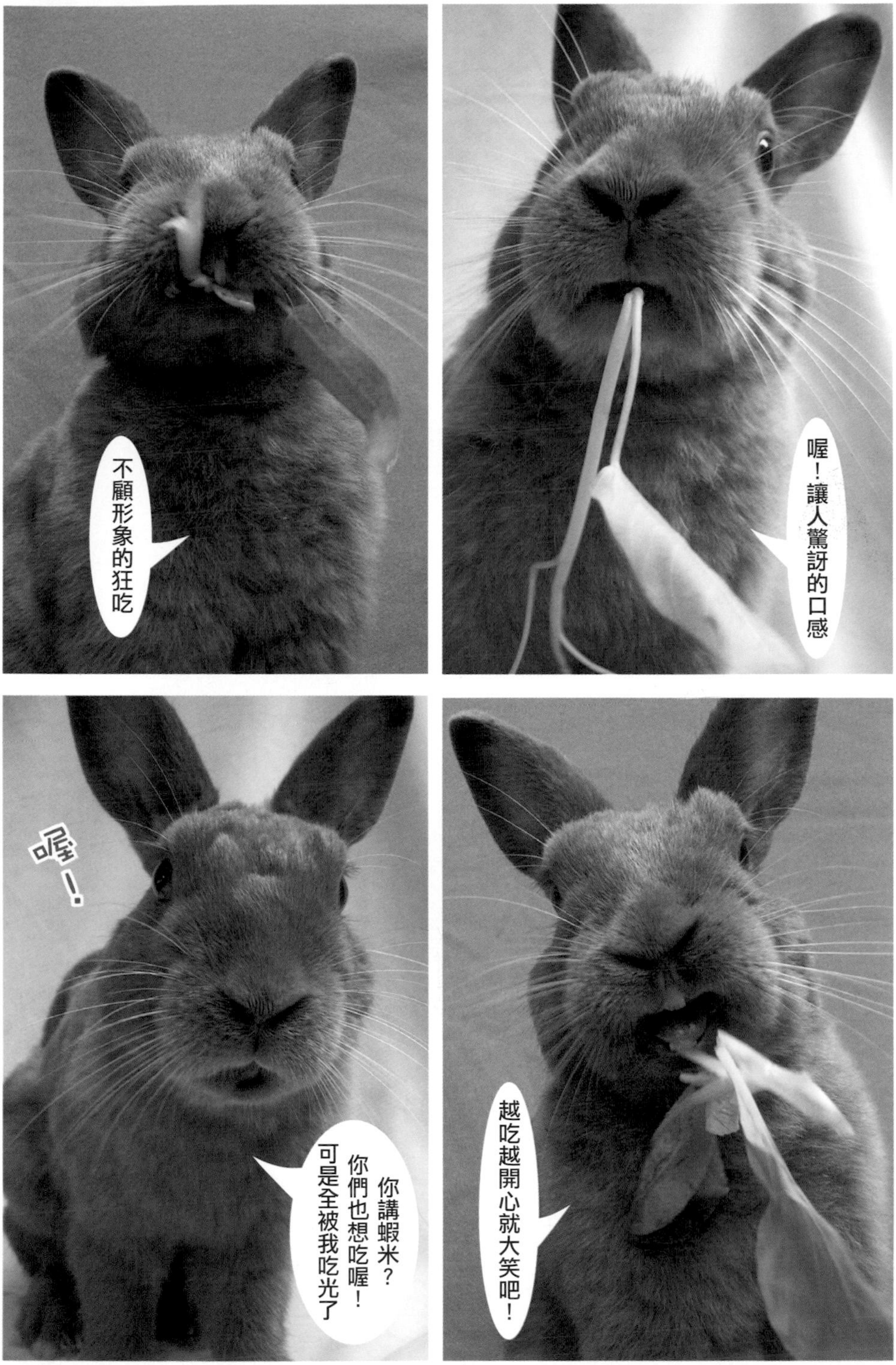
不顧形象的狂吃
喔！讓人驚訝的口感
喔！
你講蝦米？
你們也想吃喔！
可是全被我吃光了
越吃越開心就大笑吧！

好好吃的玉米葉

香香甜甜的有機玉米葉，兔子也是很喜歡吃的，但吃太多會胖喔！玉米容易脹氣，所以我們不吃玉米也就不讓他結成玉米了。

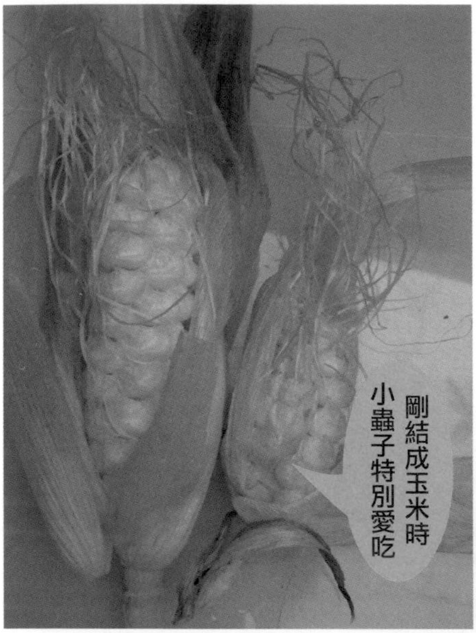
剛結成玉米時
小蟲子特別愛吃

玉米盆栽

好多的玉米葉
可以吃好久喔！

嗯！新鮮嫩綠

拿一片玉米葉我來嚐嚐看

哇！太好吃了

喔！真香甜

最健康的小麥草

小麥草種植方便收成快速，種一大盆順便分送給兔友們品嚐，嗜口性奇佳；但不管任何蔬果都需適量給予，千萬別一次吃太多喔！

我在試吃呀！
窸窣
窸窣
你鬼鬼祟祟在做什麼
窸窣..
好，我餵你吃味道如何？
我還想吃
小麥草好吃嗎？
呵呵！只吃了幾根感覺不出來
嗯！閉起眼睛我沉思一下
厚！
你快說啦！到底是什麼感覺
喔喔！感覺來囉！

美味啊！

太好吃了

兔間極品喔！

啊！真感動
這感覺太美妙了
好像許多小天使
在舌尖上跳著舞

大口吃
才過癮啦！

噗老師上課囉

千變萬化的兔毛

夏天剪毛避暑後毛又會長出來，兔子和貓狗的長毛方式不同，不會同時長出整齊毛髮，會東一塊西一塊長，常被誤認為得了皮膚病。

我前面沒剪毛
長的很正常

嗚..
今天噗老師
含淚來教學
兔子長毛
就是這樣

毛長的亂七八糟
沒臉見大家了

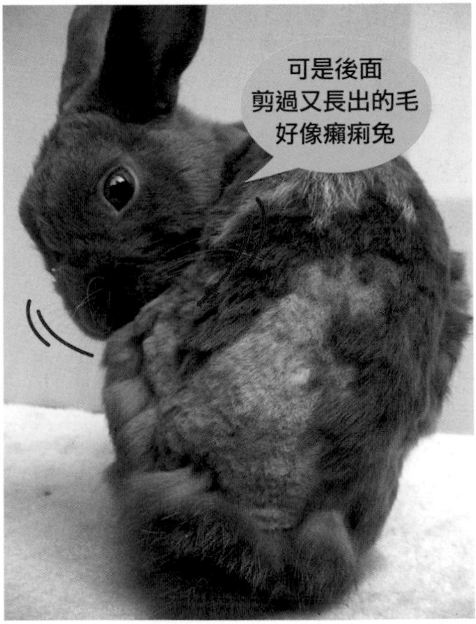
可是後面
剪過又長出的毛
好像癩痢兔

過一陣子後
毛開始亂長
變成怪模怪樣
別恥笑我們呀

噗老師用剪刀剪毛，同學也可以買電剪自己剃毛，或花錢請專業人士剃兔毛。

在炎熱夏天裡
剪短背部的毛
涼快一下

兔子的正常體溫是38.5度到40度，剪毛的兔子體溫會低一點，比較涼爽些。

毛快長好了
每隻兔子情況不同
大致上在冬天以前
新的毛會長齊

兔子長毛的情況和速度，其實和品種、剪毛方式與技術、氣溫等等都有關連。

毛長出一半了
看起來好像
背了一個龜殼

通常短毛兔長出的毛，比較會雜亂不均勻，長毛兔就比較整齊一些些。

兔子的養生餐

兔子的主食是無限量牧草、限量飼料和乾淨開水，可不是紅蘿蔔喔！可以請醫師依年齡、體重和身體狀況，調出適當的健康食譜。

現在我們來上烹飪課，噗老師希望兔子同學們，都能吃出健康。

大家都要來學吃草喔！牧草是兔子重要的主食，每天都需要無限量供應，牧草不能靠任何食物替代，從小就要養成吃草的習慣。

牧草的纖維能促進腸胃蠕動，讓消化道正常，每天吃牧草可預防毛球症的產生，更能有效達到磨臼齒的功效，不吃草的兔子會容易讓腸胃道生病，也會讓臼齒過長而導致細菌感染和長膿包等疾病產生，必須開刀治療。苜蓿草只適合幼兔、懷孕生產母兔、生病沒有食慾的兔子食用，成兔之後就不要再餵食苜蓿草，避免鈣質和蛋白質攝取量過高。

註：[警惕]兔子不吃草的下場http://blog.xuite.net/mine.orange/rabbit/5338795

成兔之後，早晚各吃一次定量的飼料，請詢問醫生，依兔子的體重、年齡、身體狀況來調整飼料量的比例，成兔一天的飼料量大約是體重的3-5%

兔子要喝煮沸冷卻的乾淨開水，每天所需的水份約體重的百分之十左右，兔子不能喝水是嚴重的錯誤觀念喔！
水瓶
水盆

成兔之後，可吃點新鮮水果，要退冰、削皮、去仔、去蒂，水果吃太多會胖的，其他人類吃的食物，兔子絕對不能吃。

成兔之後可以吃些有機蔬菜，必需洗淨退冰、甩掉水份，莧菜和菠菜的草酸含量過高，易造成結石產生，盡量少吃，蔥薑蒜、洋蔥等刺激物不可以吃。

註：大型兔約七到八個月以下，稱為幼兔；小型兔約三到四個月以下，稱為幼兔。

兔子也要矯正牙齒

門齒咬合不正有先天性(出生就有)，也有後天造成(咬籠子、撞傷、感染等造成齒根歪斜)，需定期剪門齒，否則無法正常進食。

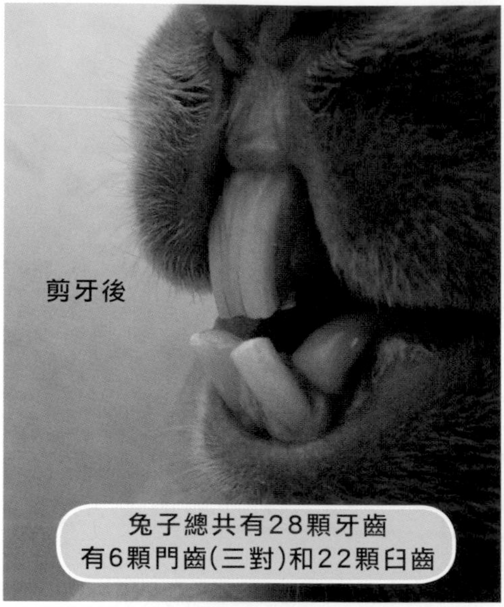
剪牙後
兔子總共有28顆牙齒
有6顆門齒(三對)和22顆臼齒

兔子是兔形目兔科動物，不是齧齒類動物，齧齒類動物只有二顆上門齒。
剪下的兔門齒

磨牙木vs牧草磚
磨門齒

平常可提供磨牙木或草磚幫助兔子磨門齒，但是一般門齒咬合正常的兔子，即使不使用磨牙木和草磚，也能在平常的進食中靠著咀嚼食物的動作，讓上下門齒相互磨減以保持門齒一定的長度，吃草磚只能幫助磨門齒，並不能有效的磨臼齒。

各類牧草
磨臼齒

牧草是兔子非常重要的主食，兔子的28顆牙齒，都會終期一生不斷持續生長，後面的臼齒必須靠吃牧草來磨牙，所以只有每天吃牧草，才可以有效地磨平後面的臼齒，避免臼齒過長而導致疾病產生。

咬合正常的美齒妹：Toffee

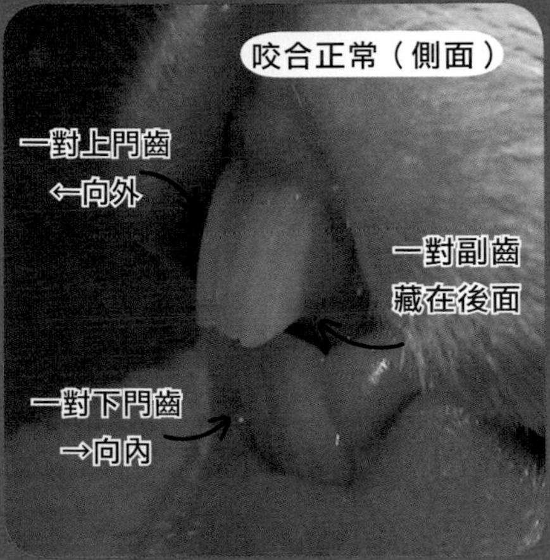
咬合正常（側面）
一對上門齒
←向外
一對副齒
藏在後面
一對下門齒
→向內

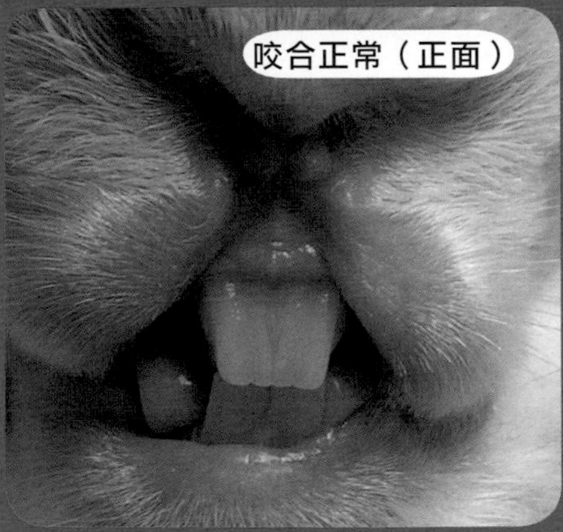
咬合正常（正面）

咬合不正的暴牙男：噗噗醬

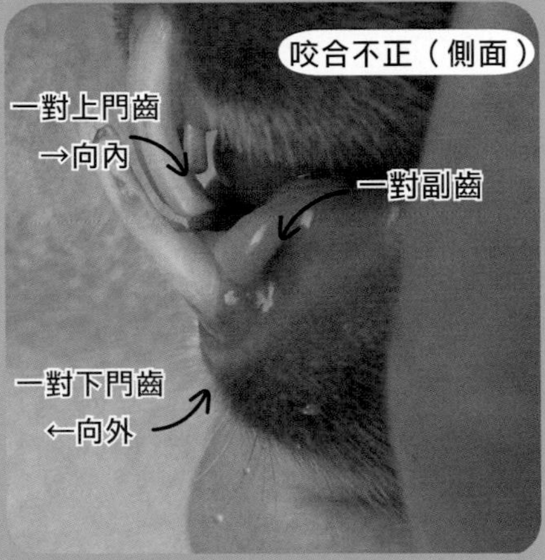
咬合不正（側面）
一對上門齒
→向內
一對副齒
一對下門齒
←向外

咬合不正（正面）

每年的健康檢查

請詢問專業兔醫生，依兔子個別身體狀況與不同年齡層，最少每三個月到半年，固定安排健康檢查，可提早發現疾病。

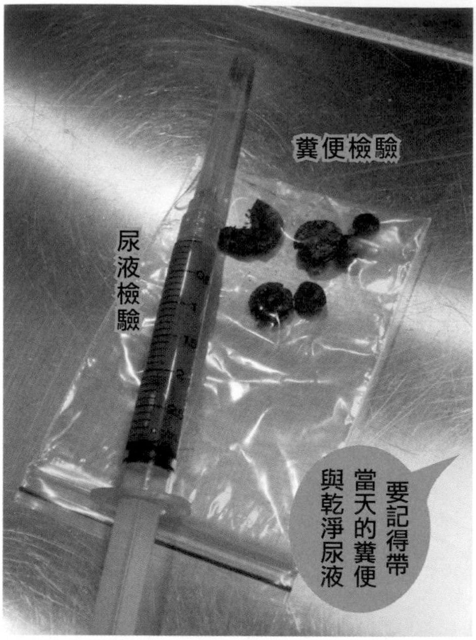
糞便檢驗
尿液檢驗
要記得帶當天的糞便與乾淨尿液

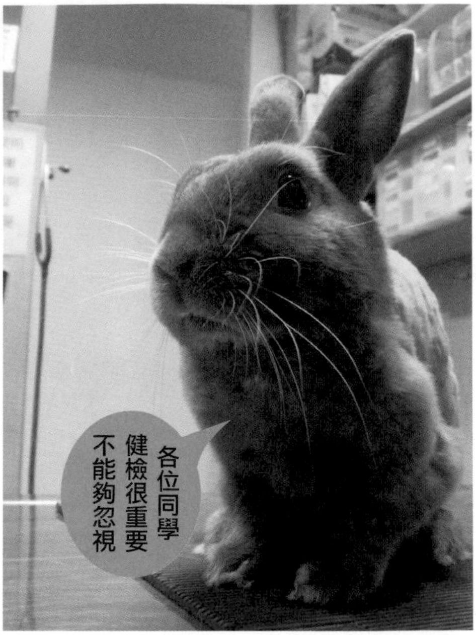
各位同學健檢很重要不能夠忽視

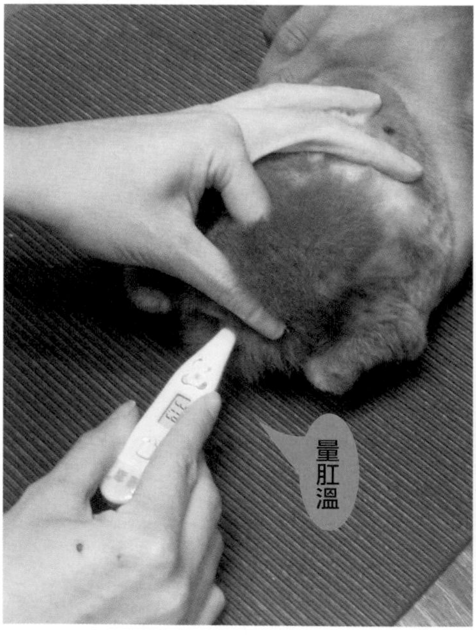
量肛溫

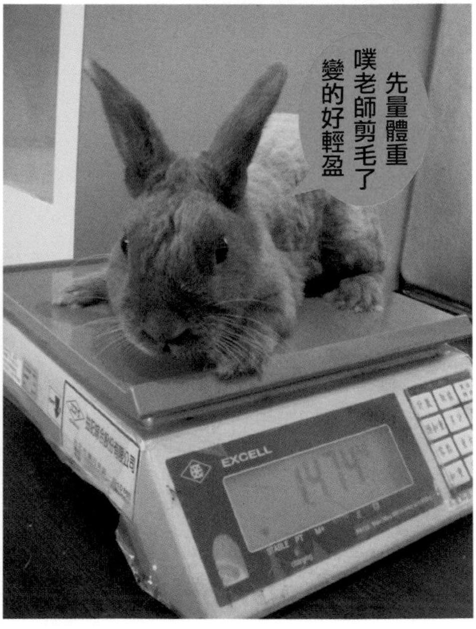
先量體重噗老師剪毛了變的好輕盈
EXCELL

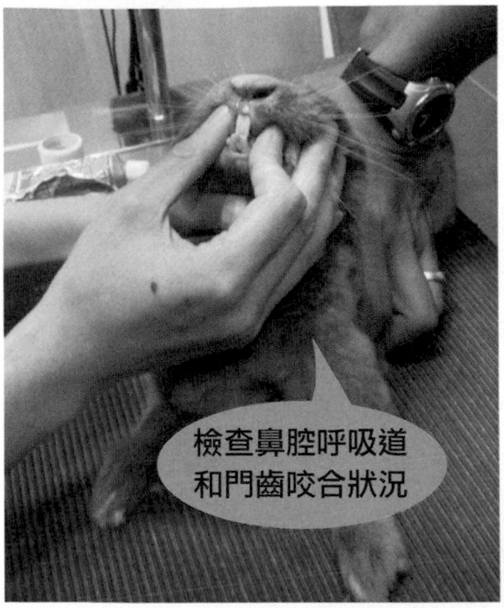
檢查鼻腔呼吸道
和門齒咬合狀況

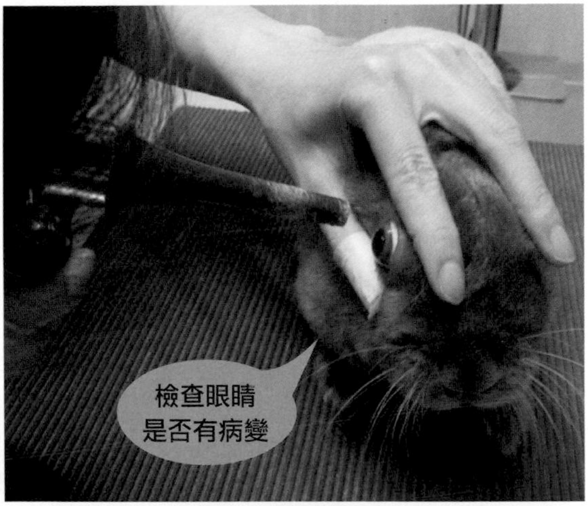
檢查眼睛
是否有病變

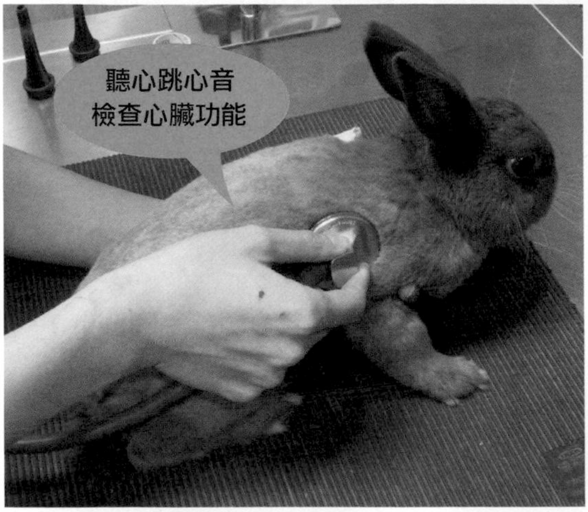
聽心跳心音
檢查心臟功能

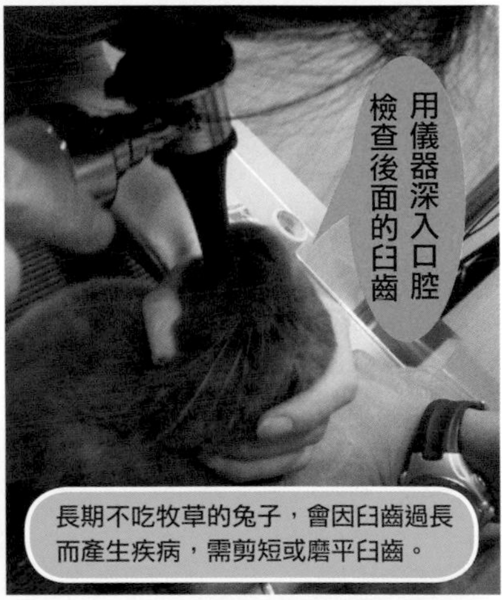
用儀器深入口腔
檢查後面的臼齒
長期不吃牧草的兔子，會因臼齒過長
而產生疾病，需剪短或磨平臼齒。

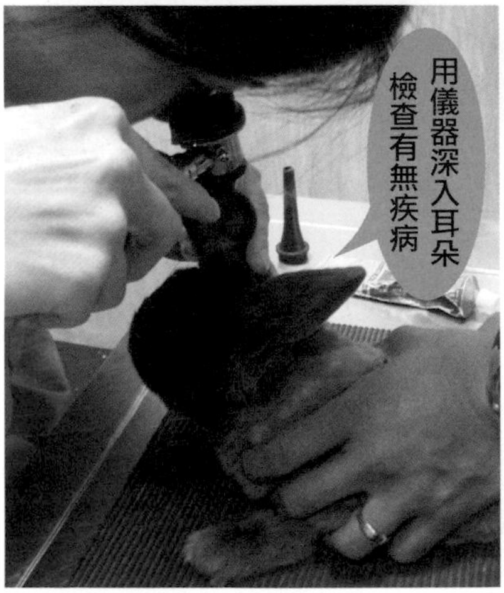
用儀器深入耳朵
檢查有無疾病

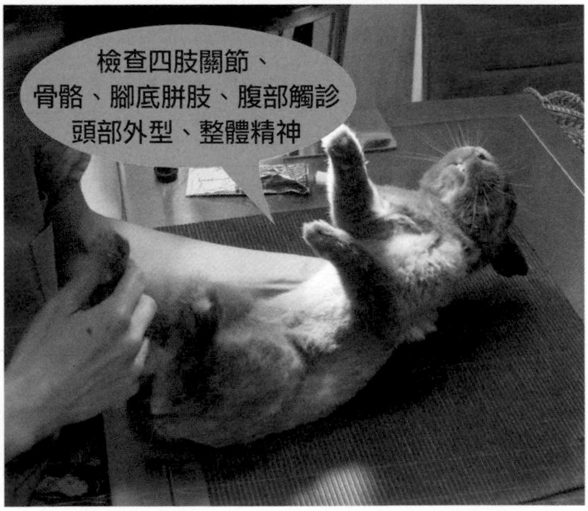
檢查四肢關節、
骨骼、腳底胼肢、腹部觸診
頭部外型、整體精神

建議四歲以上
可加照X光片

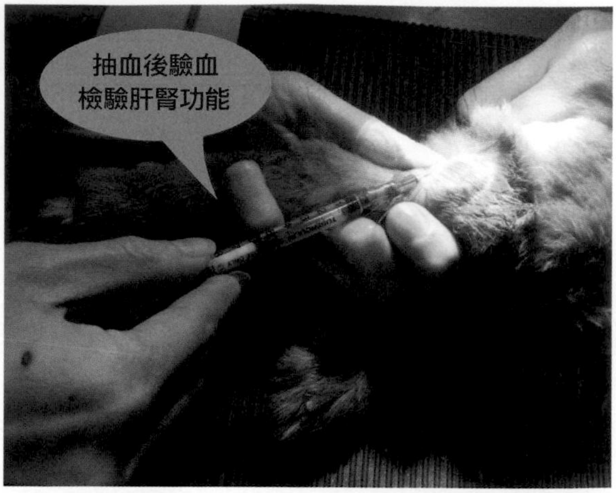
抽血後驗血
檢驗肝腎功能

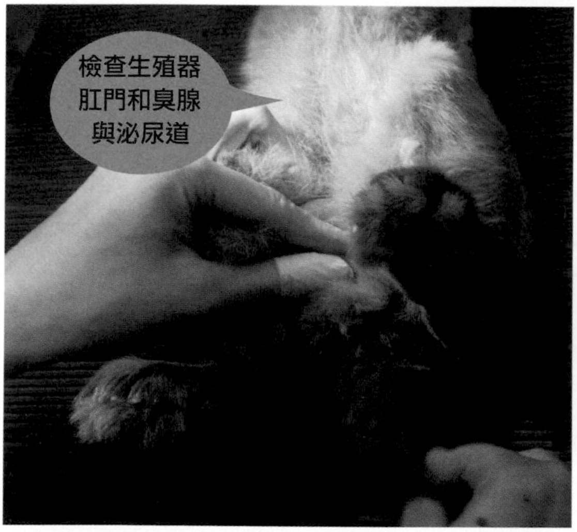
檢查生殖器
肛門和臭腺
與泌尿道

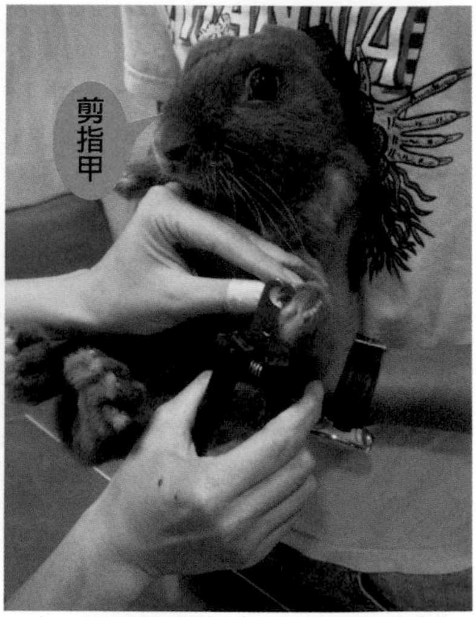
剪指甲

非犬貓動物健康檢查表
報告出爐了
我水喝的太少
會造成腎臟負擔
容易產生結石
要多喝水才行

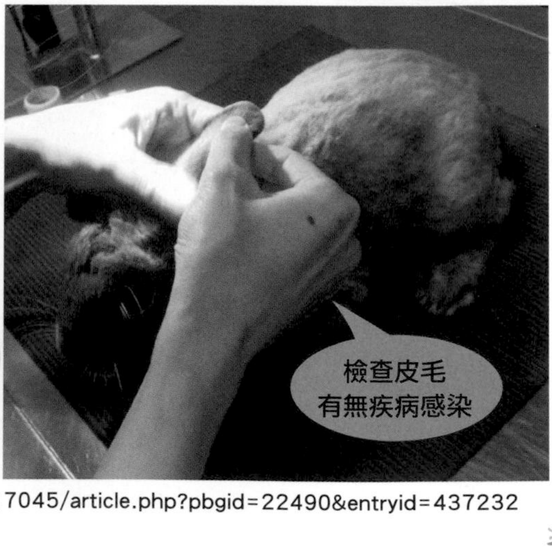
檢查皮毛
有無疾病感染

註：詳細指數報告http://blog.sina.com.tw/s7217045/article.php?pbgid=22490&entryid=437232

噗噗醬與朋友們

兔子公關先生

每次參加兔宗聚，大家總是興奮地抱著別人的兔子，感覺牠們很像坐檯先生，一整天都有客人不斷地想抱抱牠們。

唉！真累人
還要招呼客人
知道啦！媽媽桑
你別一直催啦！
開工啦！你們倆
快去給我招呼客人
別想偷懶

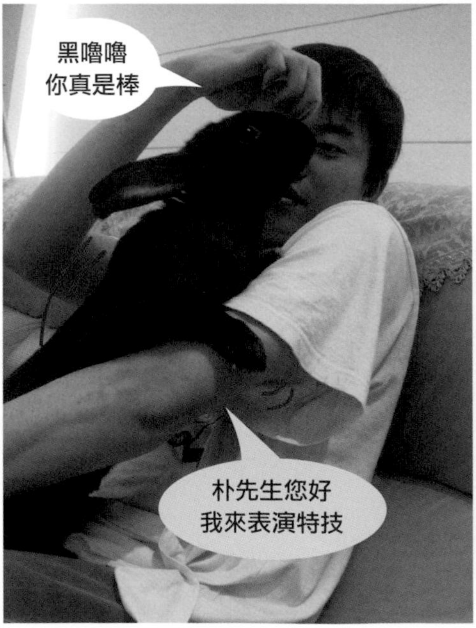
黑嚕嚕
你真是棒
朴先生您好
我來表演特技

我叫呆呆醬
是這家店的老闆
超紅牌的媽媽桑

沒關係啦！黑嚕嚕你去吧
哎呀！莓老闆黑嚕嚕要轉檯了我讓噗噗醬招呼妳
呵呵呵！賺翻了今天生意真好

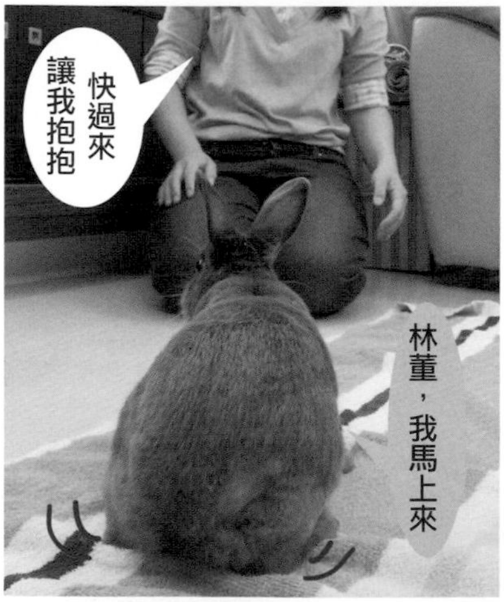
快過來讓我抱抱
林董，我馬上來

我也想你呀！
莓老闆好久沒來人家好想妳喔！

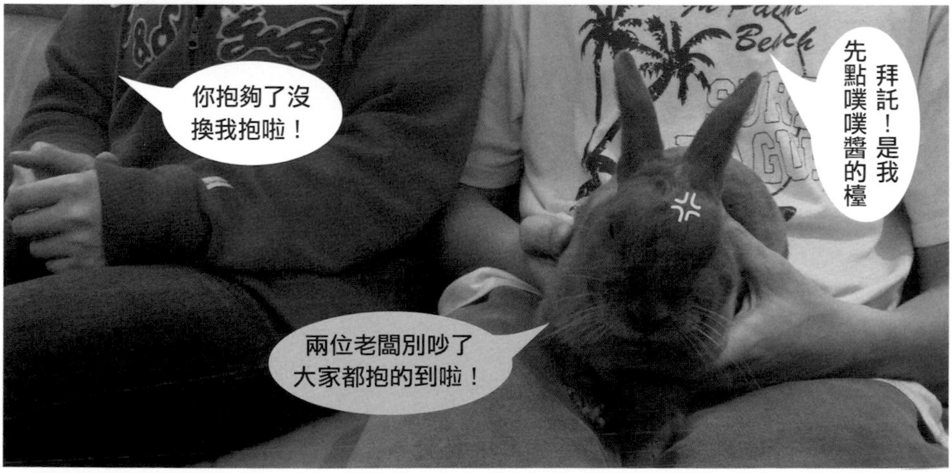
你抱夠了沒換我抱啦！
拜託！是我先點噗噗醬的檯
兩位老闆別吵了大家都抱的到啦！

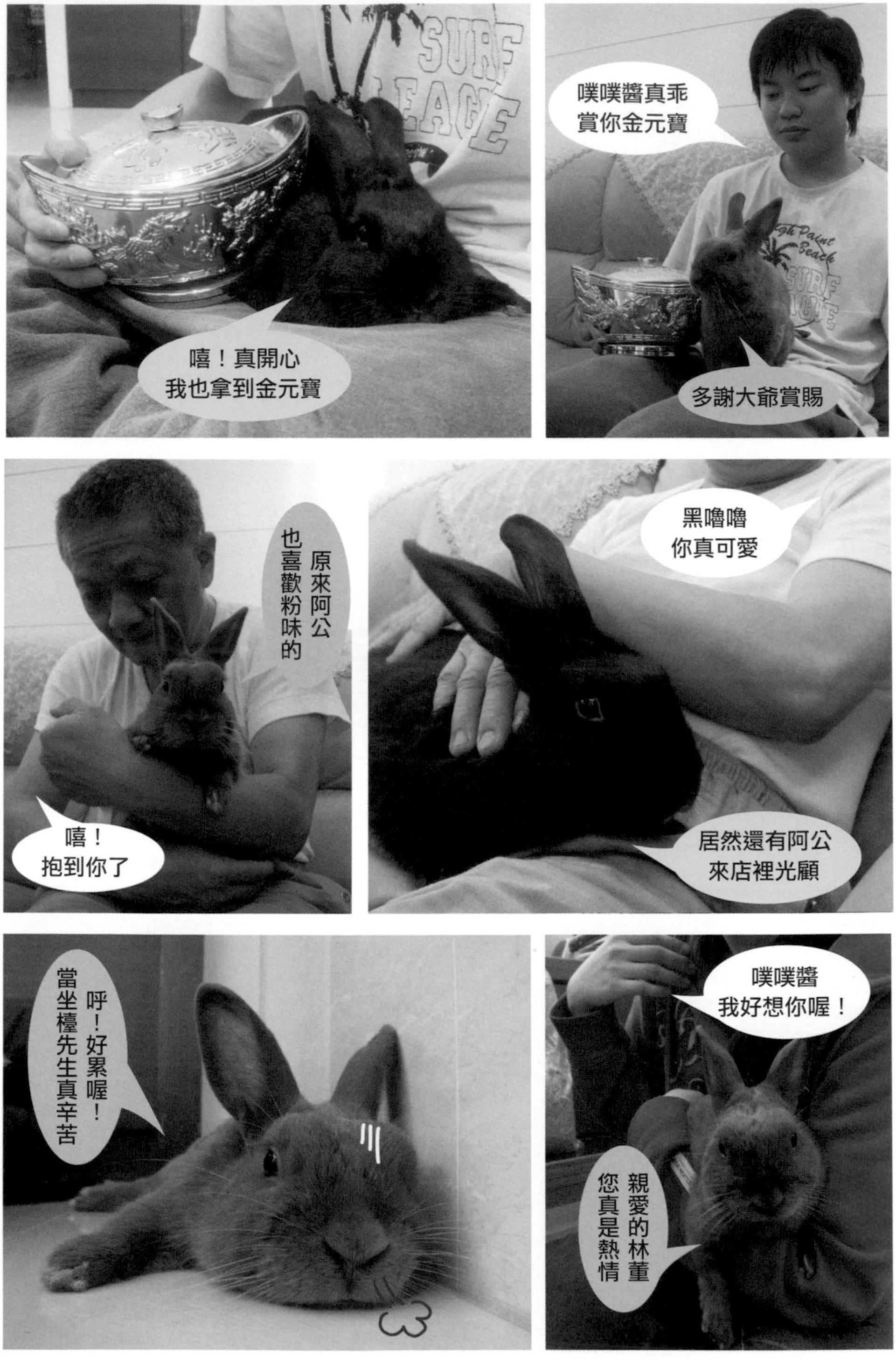
嘻！真開心
我也拿到金元寶
噗噗醬真乖
賞你金元寶
多謝大爺賞賜
原來阿公
也喜歡粉味的
嘻！
抱到你了
黑嚕嚕
你真可愛
居然還有阿公
來店裡光顧
呼！好累喔！
當坐檯先生真辛苦
噗噗醬
我好想你喔！
親愛的林董
您真是熱情

在這裡納涼真舒服呀！

你打包行李要去哪裡啦！
噓！小聲點好累我想要落跑

你皮在癢啦！竟敢如此無禮
喂！媽媽桑我們累個半死你居然躲在這裡蓋棉被睡覺

唉！生意真難做啊！

氣死我了全都造反啦！
哼！我不管換我睡覺覺你去招呼客人

我的野蠻女友

甜甜是噗噗醬認識的第一位兔朋友，牠是個脾氣不怎麼好的恰查某，會踢人、會咬人、更不讓人抱，名副其實的野蠻女友。

好累喔！
我推不動了
哼！
你真沒用
潑辣女生
真難伺候
噗噗醬
你給我出來
啊！
翻車啦
摔的痛死我啦！
可惡！竟然逃跑
我絕不原諒你
大事不妙
趕快落跑

馬殺雞

阿嬤級的nono，是噗噗醬唯一的乖巧狗朋友，曾住在一起生活了半年，請勿隨意讓兔子與陌生兇猛的狗貓接近，以免發生危險。

哎呦！你真慢
這麼晚才來呀！
人客啊！
是你叫馬殺雞嗎？

開工啦！
計時開始
好好按摩
不要偷懶呀！

噓！小聲問
你要整套還是半套
幹麻偷偷摸摸
又不是做黑的

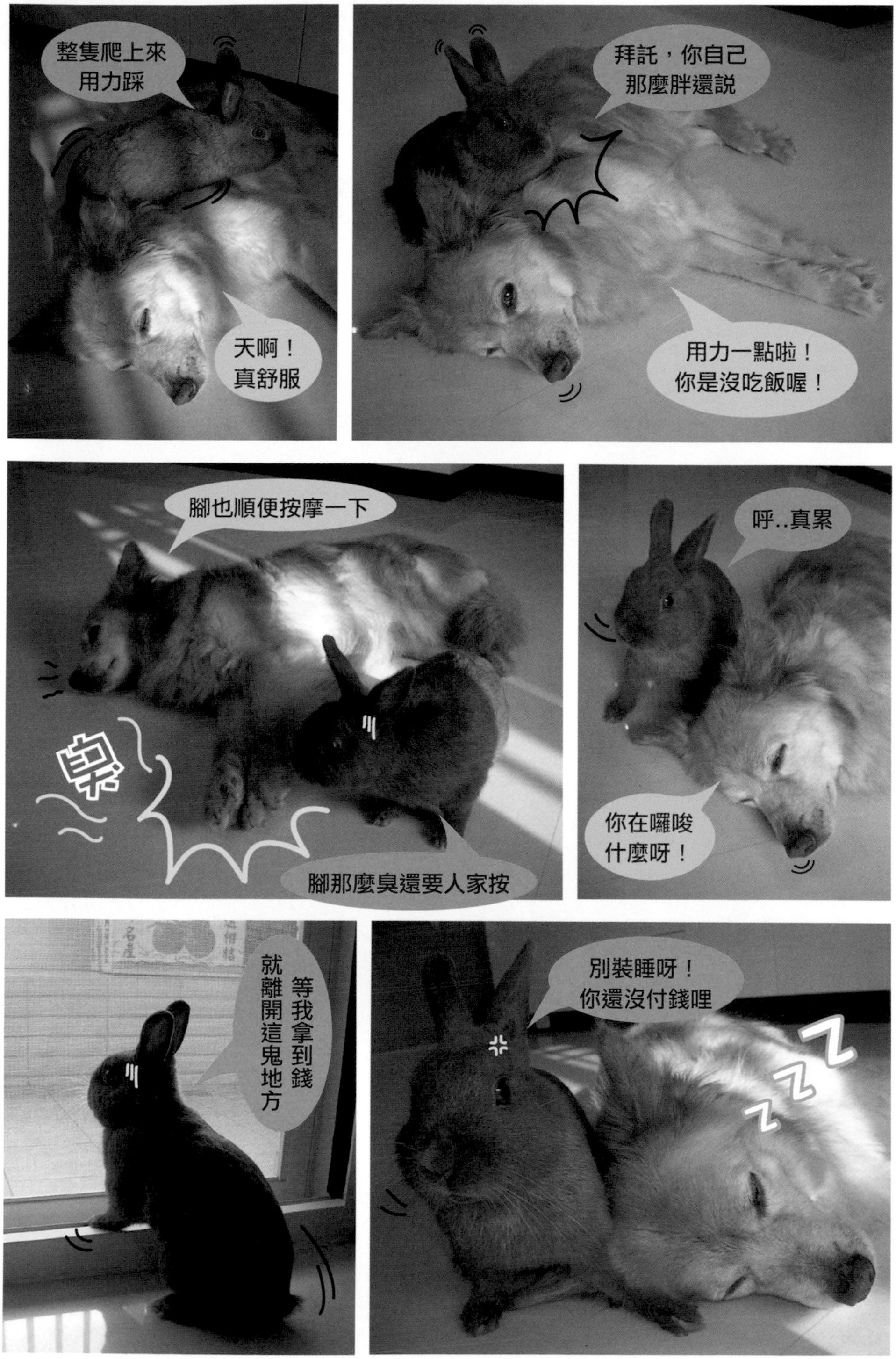
整隻爬上來
用力踩
天啊！
真舒服
用力一點啦！
你是沒吃飯喔！
拜託，你自己
那麼胖還說
腳也順便按摩一下
臭
腳那麼臭還要人家按
呼..真累
你在囉唆
什麼呀！
等我拿到錢
就離開這鬼地方
別裝睡呀！
你還沒付錢哩
ZZZ

兔子搞劈腿

噗噗醬是個博愛的好脾氣先生，不管男女老少，每隻兔子都讓牠愛不釋手，如果牠是人，肯定是一個風流的花心大蘿蔔。

親愛的小安
這束漂亮的花送妳
代表我對妳的心意
我就知道
你很愛我

那不是噗噗醬嗎？
竟然和別人約會
咦！

我最愛的
就是妳了
我也愛你

註：此拍攝場地為住宅的中庭高架造景花圃，人狗貓都不會在此活動，很乾淨安全。

註：若您想帶兔子到戶外散步，請幫兔子戴上溜兔繩，並選擇無狗貓又乾淨的場地。

噗噗醬你劈腿的事
現在要怎麼解決
嗯..那個..
我....
噗噗醬
快說呀！

你們慢慢聊
我有事先走了
你給我站住

快說。
你要她
還是要我
其實我..
兩個都想要

你給我小心一點
最好給我滿意的答案
哎呦！
親愛的哲寶
妳先別生氣

救命啊
花心大蘿蔔
海扁你一頓
碰
欺騙我的感情
打的你滿地找牙
碰
哼！再見
我們走
別理他
沒錯
這種臭男生
不要也罷
嗚…我知道錯了
求求妳們別走呀！
回來我身邊啦！
女朋友都跑光了
我不應該劈腿的
本文純屬虛構，小安和哲寶是很溫柔的喔

我的超級褓姆

兔子是人類的好伙伴，只要你了解兔子，愛護兔子，牠就能成為你生活中的伴侶，並且帶來無限的快樂與感動。

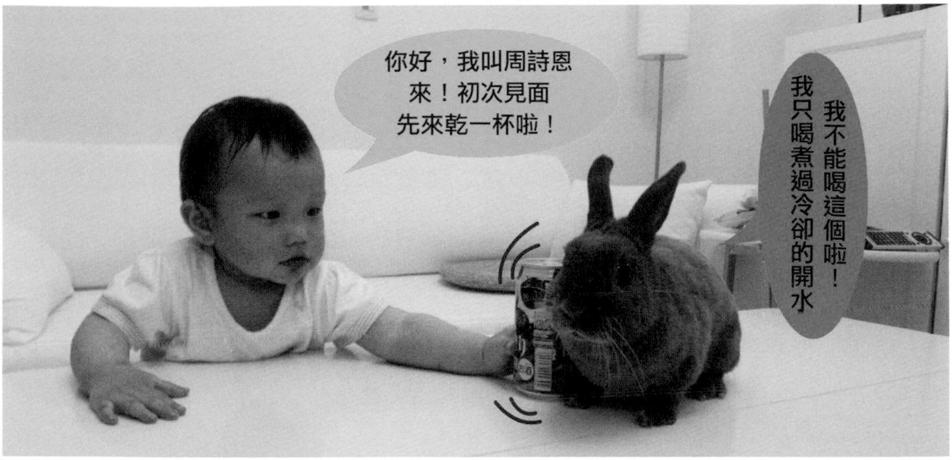
你好，我叫周詩恩
來！初次見面
先來乾一杯啦！
我不能喝這個啦！
我只喝煮過冷卻的開水

吼！你真奇怪
這麼好喝的東西
你竟然不喝？
人類吃的食物
兔子不能吃啦！

妳跟我一樣
都是好奇寶寶
你快看
我挖到東西了

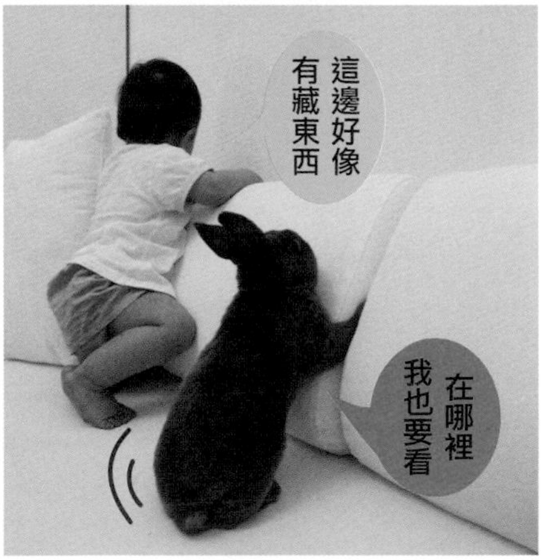
這邊好像
有藏東西
在哪裡
我也要看

跟我一樣頑皮搗蛋
我沒玩夠啦！
啪
趕快喝完去睡午覺
假裝聽不懂
兔子用耳朵來散熱
裡面都是細小血管
所以不能抓兔子耳朵
我會痛痛受傷的
咦！
好奇怪喔！
你的耳朵
好長喔！
嗯.嗯
那股臭味越來越近了
奇怪了
怎麼有臭味
嗯..

快來人啊！有人偷大便啦
別大聲嚷嚷啦！
天啊！妳的屁屁好臭喔！
嗯‧嗯
過來換尿布
啊！我不要換
你媽咪回來了
妳偷大便還不承認
喂！我警告你別亂說話喔！
很高興認識你今天真是謝謝你喔！
別客氣啦！我也高興認識妳

泡妞教戰手冊

噗噗醬是個專業的調情高手，只要一見到兔子同伴，就不停放電，努力獻上熱吻，當然也是有踢到鐵板的時候啦！

幹嘛一直偷看人家
泡妞第二部 先採迂迴戰術

泡妞第一部 鎖定目標正前方 是一位美女哩

呵！
泡妞第三部 先偷親再說
啵

註：未結紮的公兔與母兔見面，飼主需謹慎看管，以免不小心交配而釀成慘劇。

哼！可惡
你真討厭
第四部乘勝追擊
再偷親另外一邊
啵
啊！咕咕的初吻
被色狼奪走了
該哭的是我吧！
嗚..媽咪！媽咪！
我被吃豆腐了
嗚..
嗚..
終於被罵了
泡妞第五部
用眼淚攻勢
快走開啦！
你哭什麼啊！
媽咪..快點
我們快回家啦！
我太熱情
嚇到她了
哼！
懶得理你
兔子用屁屁對著你
表示牠不想理你喔！

泡妞第六部:勇於低頭認錯

泡妞第七部:討好未來丈母娘

泡妞第八部：抱得美人歸

花絮

噗噗醬的片場花絮

因為家裡沒裝璜又暗又醜，我們都在明亮的陽台拍照，噗噗醬飾演很多角色，而小猴也從場佈.服裝師到攝影師等等一人全包辦。

我說場佈啊！
這片場好窮酸呀！
唉呀！真抱歉
因為經費有限

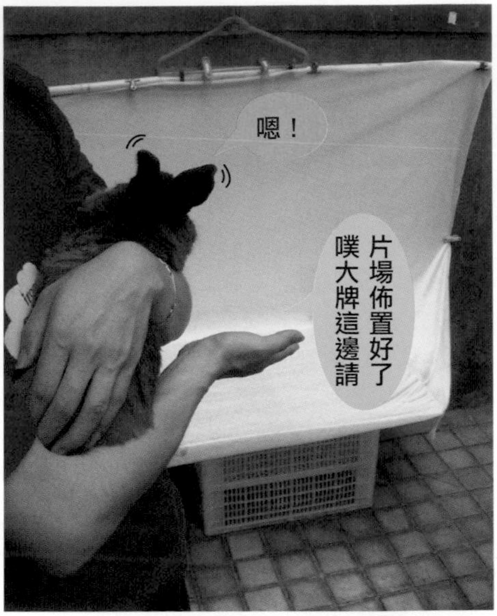
嗯！
片場佈置好了
噗大牌這邊請

我說服裝師呀！
你設計的衣服
就這麼幾件呦！
請先來定裝
挑一下戲服

註：每隻兔子的個性大不相同，並非每隻兔子都適合穿衣服與配合拍照。

這次的角色又要麻煩噗大牌男扮女裝喔！
我看看劇本寫什麼
我只好勉強挑這件衣服
他耍大牌真討人厭
你們倆個給我小心點
編劇妳找死呀！竟然要我演潑婦
這樣才有戲劇張力啦
喂！你跩什麼跩呀！別自以為大牌就了不起喔！
哼！三流小牌演員竟敢對我嗆聲等一下拍對手戲一定讓妳好看哼哼！

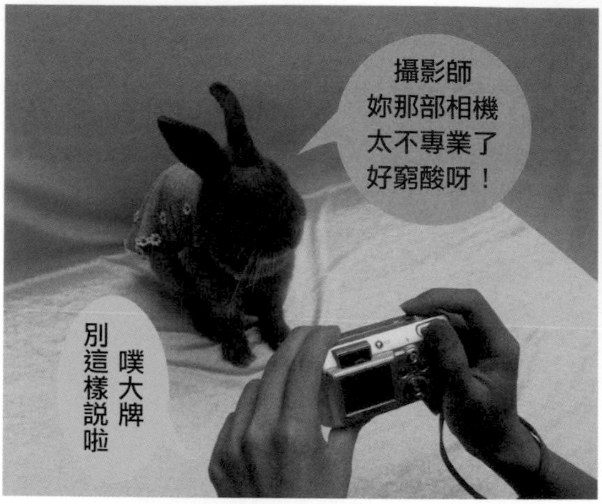
攝影師
妳那部相機
太不專業了
好窮酸呀！
噗大牌
別這樣說啦

嗯
少惹這種人
妳自己要小心

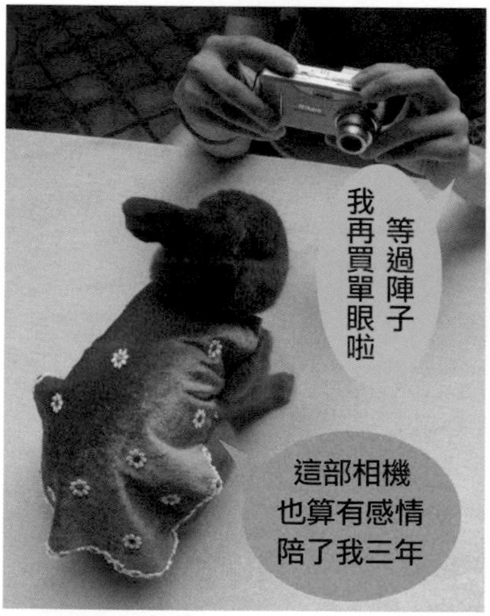
等過陣子
我再買單眼啦
這部相機
也算有感情
陪了我三年

窮酸傻瓜數位相機
Nikon
COOLPIX3700
Nikon COOLPIX3700

準備就緒
開鏡啦！

汽車遮陽板
噗大牌別生氣
小的馬上來
我的臉太灰
燈光師..
快給我打光

片名：
潑婦罵街
演員 噗噗醬 黃小兔
場次 1
5.4.3.2
Action

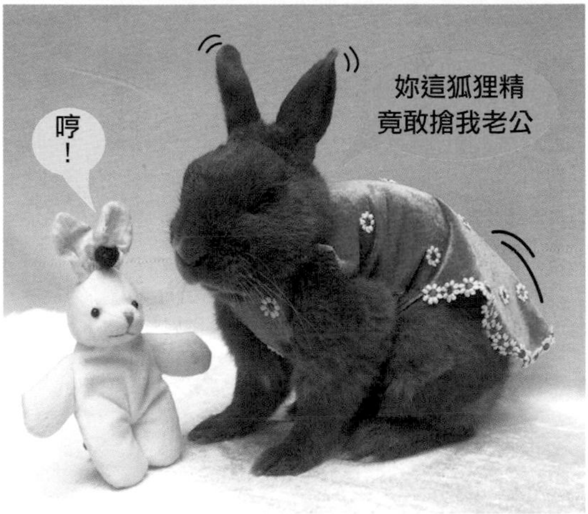
妳這狐狸精
竟敢搶我老公
哼！

真是惹人厭
我揍扁妳
碰
碰
救命啊

卡：導演：
我臉都被打腫了
休息一下啦！
嗚…

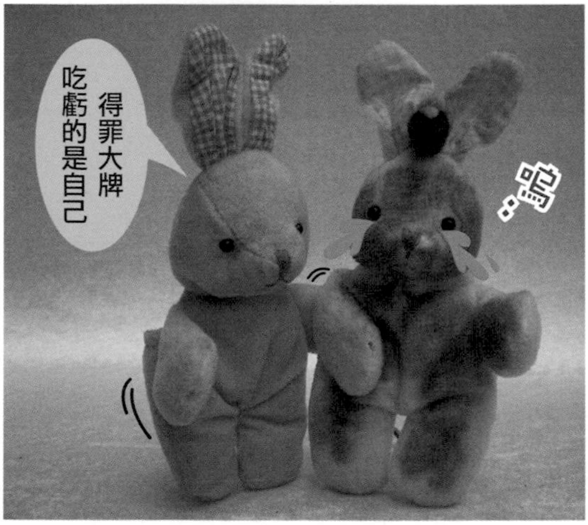
得罪大牌
吃虧的是自己
嗚…

好棒喔！可以吃飯了
一人一份牧草便當
先休息
放飯啦
導演…導演…我的便當好小喔！
你看什麼
我看看妳的
可惡！妳的便當竟然和我一樣
呵！笑死人了你已經那麼胖了還想吃更胖呀！
喂！妳說什麼活的不耐煩啦！還想被我揍嗎？

嗯！真是好吃
大牌就是不一樣
超豪華特餐
請噗大牌笑納
給這種套餐
還差不多
有機蔬菜
飼料
牧草
哼！妳真討厭
戲份那麼多
哼！
繼續拍
片名：
潑婦罵街
演員 噗噗醬
黃小兔
場次
1
小牌演員
愛跟我搶戲份
真是氣死人
導演…
我不想拍了

我的噗大牌呀！
您就別生氣了
喝水消消氣啦！
導演....
我要妳把她的戲份
刪掉一半啦！

導演啊！
我要先回家了
妳自己看著辦吧！
再..見..
噗大牌
您別走呀！

我沒心情拍片
今天就拍到這裡

為了博君一笑，噗噗醬
演了噗大牌的角色，其
實他對我很好喔！
以上的場景，是我平常
拍照的陽台，其實我真
的很乖，脾氣很好，一
點也不會耍大牌喔！

噗噗醬做公益

流浪兔專題報導

【兔寶貝-急難救助小組】不是營利組織，更非收容所，只是由一群心疼棄兔日益變多而組成的小團體，希望有一天沒有棄兔。

現在就讓噗記者
帶您一起深入追蹤報導
瞭解流浪兔的悲慘世界
走!

各位觀眾一定不知道
台灣竟然有流浪兔吧!
噗新聞台

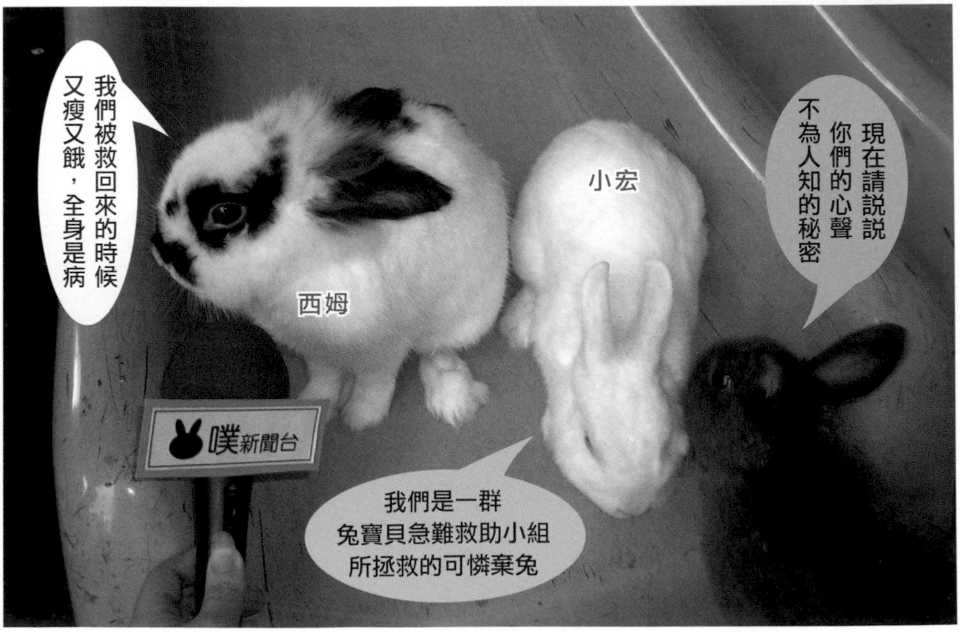
現在請說說
你們的心聲
不為人知的秘密
我們被救回來的時候
又瘦又餓，全身是病
小宏
西姆
噗新聞台
我們是一群
兔寶貝急難救助小組
所拯救的可憐棄兔

嗚：
嗚：求求大家
不要亂丟兔子
嗚

放生＝放死
寵物兔已經喪失
野外求生的本能
隨意放生
只會害死兔子
噗新聞台
琦琦

你真可憐
變成獨眼兔
肥妹
可是我的右眼
傷口感染太嚴重
整顆眼球都摘除

被救的時候
我的左眼正常
小黑炭

吼！
憤怒
狠心的主人
為何要拋棄我

飼養兔子
是一輩子的責任
請不要
遺棄我們

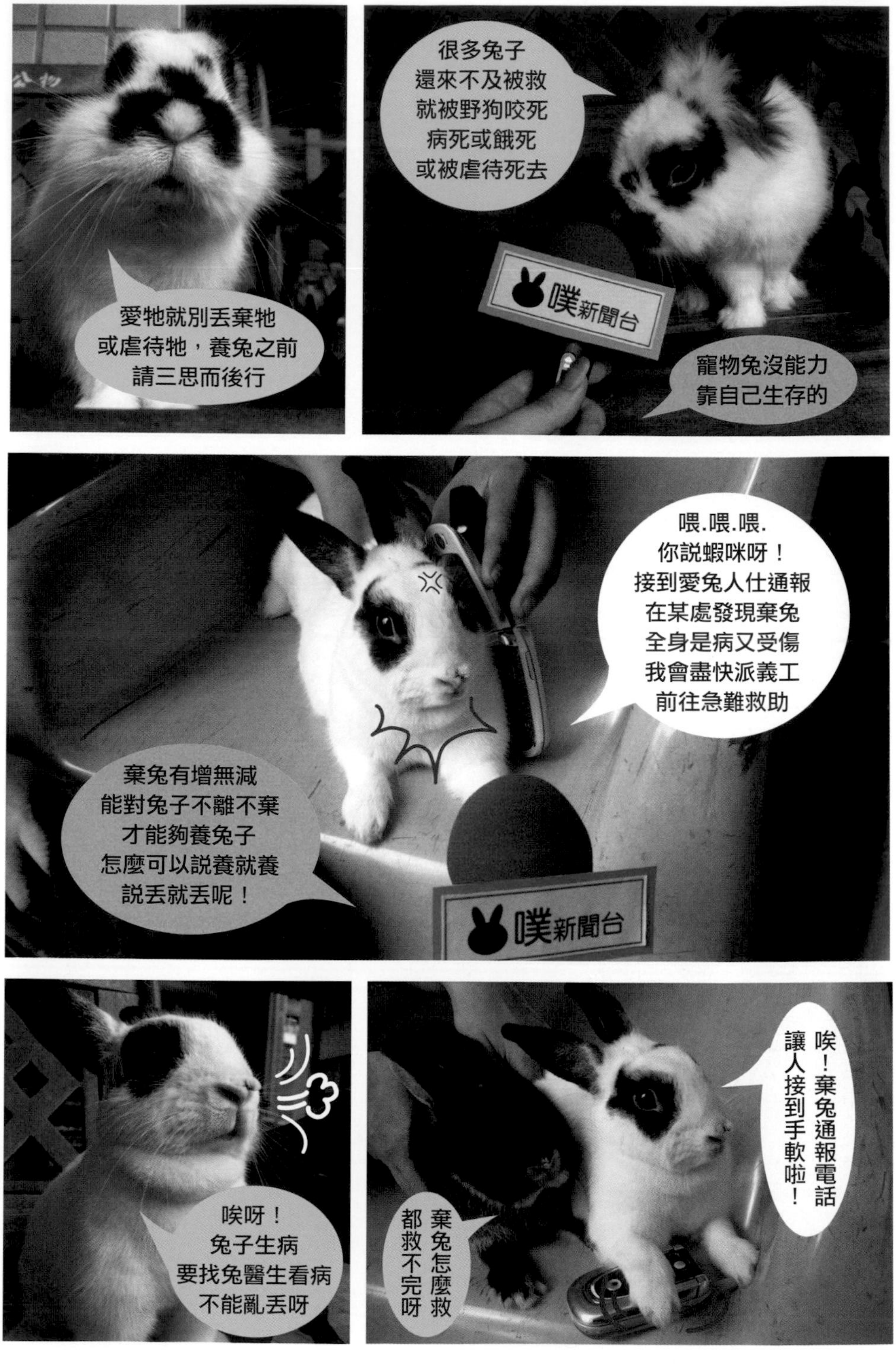
愛牠就別丟棄牠
或虐待牠，養兔之前
請三思而後行
很多兔子
還來不及被救
就被野狗咬死
病死或餓死
或被虐待死去
噗新聞台
寵物兔沒能力
靠自己生存的
喂.喂.喂.
你說蝦咪呀！
接到愛兔人仕通報
在某處發現棄兔
全身是病又受傷
我會盡快派義工
前往急難救助
棄兔有增無減
能對兔子不離不棄
才能夠養兔子
怎麼可以說養就養
說丟就丟呢！
噗新聞台
唉呀！
兔子生病
要找兔醫生看病
不能亂丟呀
唉！棄兔通報電話
讓人接到手軟啦！
棄兔怎麼救
都救不完呀

噗記者好希望有一天沒有棄兔
懇請大家以認養取代購買
請給我們一個溫暖的家
噗新聞台
流浪兔爆增
我們急需誠徵
愛心中途兔媽媽
照顧流浪兔的生活
一直到牠們
被認養為止
噗新聞台
希望有能力
空間、時間、愛心
有養兔經驗和知識的您
可以來當中途媽媽
一起幫助兔兔們
找到溫暖的家！
如果您想養兔
歡迎來認養喔！
請真心對待牠們
不要遺棄牠們喔！
噗新聞台

用領養代替購買

★珍惜、尊重、愛護、不遺棄

★推廣[以認養代替購買、
以結紮代替撲殺]之理念

海綾月兔兔認養專區http://blog.xuite.net/blue_sky23/rabbitget

集合全台兔兔認養資訊，正確養兔知識的宣導、意見交流，協助棄兔急難救助訊息發布、協尋失兔，兔友經驗交流分享、二手物品交流、兔用品合購等等，以達到兔兔訊息傳遞的目的，並減少大家到處瀏覽各大網頁的時間，方便作統一訊息宣傳。若您實在無法再繼續飼養兔子，建議您至此部落格申請送養訊息刊登，幫兔子找到另一個溫暖的新家，請勿棄養造成社會負擔。

★以認養代替購買

★隨意棄養是造孽行為
並不是一件功德

兔寶貝-急難救助小組http://blog.xuite.net/mine.orange/rabbit
提供兔子認養，送養，走失兔協尋刊登，流浪兔急難救助等等

＊兔寶貝急難救助小組不是營利組織，更非收容所，是由一群心疼棄兔日益變多而組成的小團體，希望有一天沒有棄兔。
＊因棄兔暴增！而中途媽媽有減無增，小組已無多餘空間收容棄兔，請大家一起發起愛心，加入中途媽媽的行列，更歡迎有愛心的您來認養兔子。

網路兔用品-拍賣牧草哪裡買
http://blog.sina.com.tw/s7217045/article.php?pbgid=22490&entryid=57437

網路兔知識網站

海綾月整理資料http://blog.xuite.net/blue_sky23/rabbitget/5604423
美國家兔協會HRS中文網http://www.gina-rabbit.net/rabbit/hrs/index.html
PTT 兔版精華區http://www.ptt.cc/man/rabbit/index.html
風月星兔子資料版http://tw.myblog.yahoo.com/ladioussoup/

兔醫生在這裡

台灣的兔醫院

台北

剛果非犬貓動物醫院 http://www.congovet.com.tw
地址：臺北市羅斯福路六段306號(景美捷運站附近) 電話：(02)2931-8223
門診：週一～週六 12:00~21:00 週三12:00~18:00 *需電話預約看診，勿遲到

芝山動物醫院 曾治鈞醫師
地址：臺北市士林區福國路17-1號 電話：(02)2832-8385
門診：11:00~12:00／13:00~18:00／9:00~21:30 *可電話預約看診，勿遲到

諾亞動物醫院 http://www.noahvet.com/chuansheng/front/bin/home.phtml
地址：臺北市長春路112號 電話(02)2564-2121

明匯動物醫院 葉宸濂醫師
地址：臺北市天母的忠誠路1段151號 電話：(02)2838-1457 *需電話預約看診，勿遲到

亞馬森動物醫院 劉尹晟醫師 http://www.amazonah.com
地址：臺北市內湖成功路四段311號 電話：(02)8792-3248

古亭動物醫院 http://www.your-vet.com/services.htm
地址：臺北市羅斯福路二段138號(捷運古亭站附近)
電話: (02)2369-3373 (02)2367-2113

正吉動物醫院 彭昶貴醫師 http://members.tripod.com/FVHTWN
地址：臺北市羅斯福路五段47-1號 電話：(02)2934-7505

劍橋動物醫院 翁伯源醫師 http://www.cacvet.com/
地址：台北市士林區忠誠路一段102號 電話：(02)8866-5889

台北縣

聖安動物醫院 姚正峰醫師
地址：臺北縣新莊市復興路二段10號1樓 電話：(02)2277-6711

民生動物醫院 張焜程醫師
地址：臺北縣三重市正義北路296號 電話：(02)2980-8154

台大愛生動物醫院
地址：臺北縣三重市自強路5段48號 電話：(02)2980-4982

強生動物醫院 諶家強醫師
地址：臺北縣新店市中正路392號(師大分部附近) 電話：(02)2219-2055

中信動物醫院
地址：板橋市重慶路194號 電話：(02)2957-3534

重安動物醫院附設鼠兔特別門診 魏家成醫師 魏家梅醫師
地址:台北縣三重市三和路三段20號 電話：(02)2989-9503

福林動物醫院 葉銘松 醫師
地址 中和市中安街230號 電話：(02) 2921-8867

桃園-中壢

哲安動物醫院
地址：桃園市中山路659-4號　電話：(03)220-7715

大安動物醫院
地址：桃園市三民路一段24號1樓(靠近巨蛋)　電話：(03) 333-5025

加州動物醫院　王文憲醫師
地址：中壢市元化路147號　電話：(03) 427-9522

康淇動物醫院　吳軍廷醫師
地址：中壢市元化路二段47號　電話：(03) 427-8606

友信動物醫院　林鴻志醫師
地址：中壢市廣安街10號　電話：(03)280-4527

新竹

全育動物醫院
地址：新竹市食品路423號　電話：(03) 561-4316

光華動物醫院　游光華醫師
地址：新竹市水田街214-1號(大潤發附近)　電話：(03) 543-9840

台中

全國動物醫院　許津瑛醫師、鄭玉津醫師　http://www.vet.com.tw/
地址：403台中市西區五權八街100號　電話：(04)2371-0496

中興大學附屬動物醫院 董光中醫師、高醫師　http://hanhan.xxking.com/doctor.html
地址：臺中市南區國光路250-1 號　電話：(04)2284-0405　(04)2287-0180

嘉義

齊恩動物醫院　黃思齊醫師、杜雪華醫師
地址: 嘉義市興業東路18號1樓　電話: (05)228-4006

上哲動物醫院　黃醫師
地址：嘉義市吳鳳北路259號　電話：(05)223-1500

台南

啄木鳥動物醫院 方瑞賢醫師 http://tw.club.yahoo.com/clubs/small-animal-medicine/
地址：臺南市北區臨安路二段279號　電話：(06)350-5902

廣慈動物醫院　陳柏莆醫師
地址：臺南市府前路二段199號　電話：(06) 228-8126

台南慈愛動物醫院 (中華院)　林政翰醫師
地址：臺南縣永康市中華路591號　電話：(06)233-9650

人愛動物醫院　許嘉展醫師
http://www.shop2000.com.tw/人愛動物醫院/
地址：臺南市崇學路155號(崇學國小正對面)　電話：(06) 269-2028

高雄

立康動物醫院
地址：高雄市七賢一路262號　電話：(07) 235-3057

回生動物醫院　吳建興醫師
地址：高雄市新田路39號　電話：(07) 272-0688

復興動物醫院　王裴正醫師
地址：高雄市復興二路150號　電話：(07) 338-4507

忠信動物醫院　高振庸醫師
地址：高雄市和平一路149-13號　電話：(07) 722-5766　(07) 771-6245

台安動物醫院
地址:高雄市四維二路96-3號　電話：(07)771-5270

安生動物醫院
地址：高雄市建國三路278號（家樂福愛河店附近）　電話：(07)216-6677

高雄慈愛動物醫院　九如院:時培經醫師
地址:高雄市九如一路458號　電話：(07)387-1966

聯合動物醫院
地址: 高雄市三民區覺民路249號　電話：(07)396-3977

惠康動物醫院
地址：高雄縣鳳山市光遠路18號　電話：(07) 719-0092

屏東

立犬動物醫院　林能立醫師
地址：屏東縣內埔鄉內田村勝利路12號　電話：(08)778-6225

永坤動物醫院
地址：屏東縣潮州鎮永坤路137號　電話：(08)789-7711

宜蘭

宜蘭動物醫院　曾清龍醫師
地址：宜蘭市宜興路一段65號　電話：(039)324-774

花蓮

蕙康動物醫院　林亦謙醫師
地址：花蓮縣和平路635號　電話：(03) 835-2122，(03) 835-2123

中華動物醫院　柯鍵瑋醫師
地址：花蓮市中華路325號之七　電話：(03)833-5123

備註：以上有專業兔醫師的醫院資料僅供個人參考，請飼主幫兔寶貝們慎選適合牠們的醫師，看診之前請先打電話詢問。

國家圖書館出版品預行編目資料

你好！我是噗噗醬／小猴與噗噗醬合著；－－初版.－－臺中市：晨星，2008〔民97〕
面；　公分.－－

ISBN 978-986-177-175-5（平裝）
1. 寵物　2. 兔子

855　　96020737

你好！我是噗噗醬

作者　小猴與噗噗醬
主編　莊雅琦
責任編輯　郭芳吟
美術設計　sharon 陳
內頁設計　彭淳芝

發行人　陳銘民
發行所　晨星出版有限公司
台中市407工業區30路1號
TEL:(04)2359-5820　FAX:(04)2359-7123
E-mail:morning@morningstar.com.tw
http://www.morningstar.com.tw
行政院新聞局局版台業字第2500號
法律顧問　甘龍強律師
承製　知己圖書股份有限公司　TEL:(04)2358-1803
初版　西元2008年1月31日

總經銷　知己圖書股份有限公司
郵政劃撥：15060393
〈台北公司〉台北市106羅斯福路二段95號4F之3
TEL:(02)2367-2044　FAX:(02)2363-5741
〈台中公司〉台中市407工業區30路1號
TEL:(04)2359-5820　FAX:(04)2359-7123

定價 199 元
（缺頁或破損的書，請寄回更換）
ISBN 978-986-177-175-5
All rights reserved
Printed in Taiwan
版權所有・翻印必究

請填妥後對折裝訂，直接投郵即可，免貼郵票。

廣告回函
台灣中區郵政管理局
登記證第267號
免貼郵票

407

台中市工業區30路1號

晨星出版有限公司

請沿虛線摺下裝訂，謝謝！

更方便的購書方式：

(1)網站：http://www.morningstar.com.tw

(2)郵政劃撥　帳號：15060393

帳戶：知己圖書股份有限公司

在通信欄中註明欲購買之書名及數量

(3)電話訂購：如為大量團購可直接撥客服專線洽詢

◎如需詳細書目可上網查詢或來電索取。

◎客服專線：(04)2359-5819＃230 傳真：(04)2359-7123

◎客服信箱：service@morningstar.com.tw

◆《你好！我是噗噗醬》讀者回函卡◆

以下資料或許太過繁瑣，但卻是我們瞭解您的唯一途徑
誠摯期待能與您在下一本書中相逢，讓我們一起從閱讀中尋找樂趣吧！

姓名：＿＿＿＿＿＿＿＿ 性別：□ 男 □ 女 生日： / /
教育程度：＿＿＿＿＿＿＿＿
職業：□ 學生 □ 教師 □ 內勤職員 □ 家庭主婦
□ SOHO族 □ 企業主管 □ 服務業 □ 製造業
□ 醫藥護理 □ 軍警 □ 資訊業 □ 銷售業務
□ 其他
E-mail：＿＿＿＿＿＿＿＿ 聯絡電話：＿＿＿＿＿＿＿＿
聯絡地址：□□□＿＿＿＿＿＿＿＿

購買書名：《你好！我是噗噗醬》

· 本書中最吸引您的是哪一個單元或哪一段話呢？＿＿＿＿＿＿＿＿

· 誘使您購買此書的原因？

□ 於＿＿＿＿書店尋找新知時 □ 看＿＿＿＿報時瞄到 □ 受海報或文案吸引
□ 翻閱＿＿＿＿雜誌時 □ 親朋好友拍胸脯保證 □＿＿＿＿電台DJ熱情推薦
□ 其他編輯萬萬想不到的過程：

· 對於本書的評分？（請填代號：1. 很滿意 2. OK啦！ 3. 尚可 4. 需改進）

封面設計＿＿＿＿ 版面編排＿＿＿＿ 內容＿＿＿＿ 文／譯筆＿＿＿＿

· 美好的事物、聲音或影像都很吸引人，但究竟是怎樣的書最能吸引您呢？

□ 價格殺紅眼的書 □ 內容符合需求 □ 贈品大碗又滿意 □ 我誓死效忠此作者
□晨星出版，必屬佳作！ □千里相逢，即是有緣 □其他原因，請務必告訴我們！
＿＿＿＿＿＿＿＿

· 您與眾不同的閱讀品味，也請務必與我們分享：

□ 哲學 □ 心理學 □ 宗教 □ 自然生態 □ 流行趨勢 □ 醫療保健
□ 財經企管 □ 史地 □ 傳記 □ 文學 □ 散文 □ 原住民
□ 小說 □ 親子叢書 □ 休閒旅遊 □ 繪本 □ 其他＿＿＿＿

以上問題想必耗去您不少心力，為免這份心血白費
請務必將此回函郵寄回本社，或傳真至(04)2359-7123，感謝！
若行有餘力，也請不吝賜教，好讓我們可以出版更多更好的書！

· 其他意見：

晨星出版有限公司 編輯群，感謝您！

春
恭賀新禧

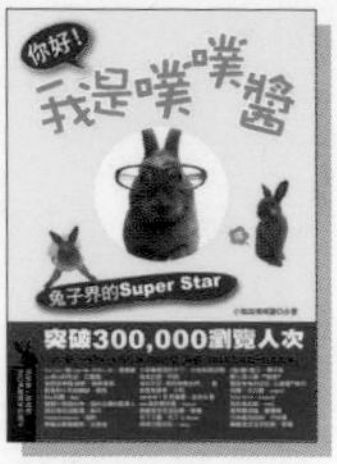

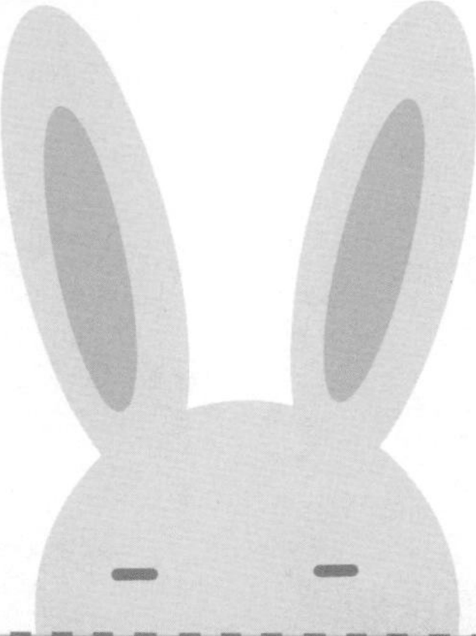

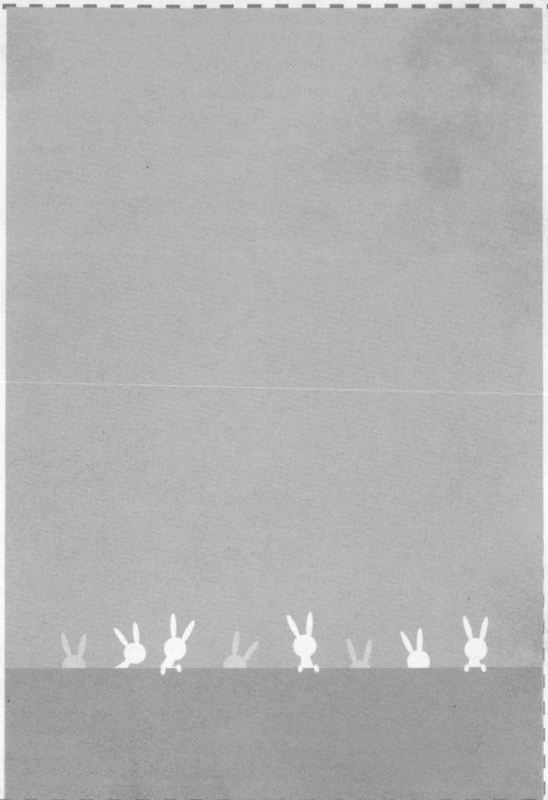

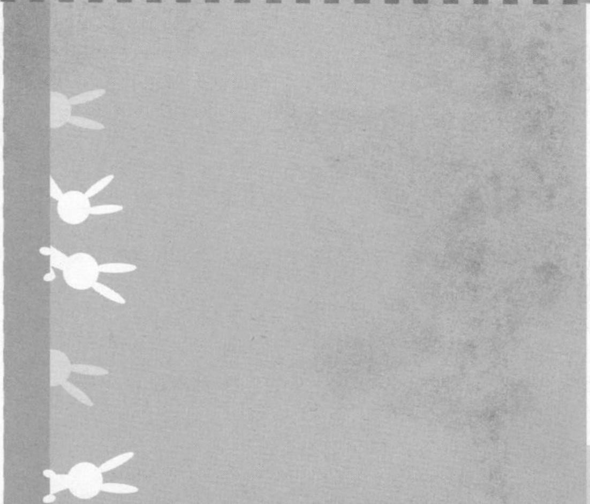

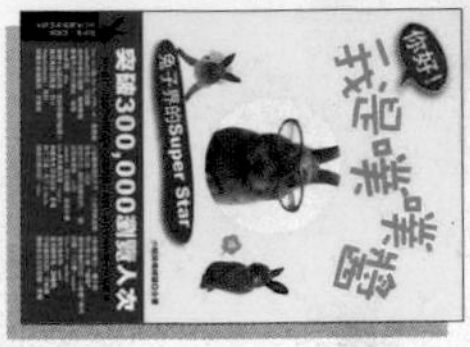

你好！我是噗噗醬
保證笑到飆淚的兔漫畫

小猴與噗噗醬◎合著

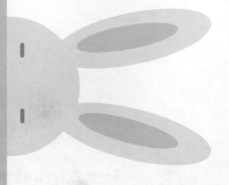